소중한 ________________________에게

________________________가(이) 선물합니다.

____

좁은문

앙드레 지드 지음

1869년 프랑스 파리에서 태어나. 11세 때 아버지를 여의고, 종교적으로 엄격한 어머니 밑에서
소년 시절을 보냈습니다. 18세 때부터 문학에 몰두하여 1891년 사촌 누이 마들렌을 사랑한 경험을 바탕으로
「앙드레 왈테르의 수기」를 발표했습니다. 대표작으로 「좁은 문」「배덕자」「전원 교향곡」 등이 있으며, 평론가로도
활동하면서 '현대의 지성'이라 불렸습니다. 1974년 노벨문학상을 받았으며, 82세의 나이로 세상을 떠났습니다.

최지훈 엮음

1941년 대구에서 태어나, 계간 「아동문학평론」에 아동 문학 평론이 추천되어 작품 활동을 시작했습니다.
그동안 「한국현대아동문학론」, 「동시란 무엇인가」, 「어린이를 위한 문학」 등의 책을 펴내 방정환문학상을 받았습니다.
초 · 중 · 고 교직 생활을 거쳐, 한우리독서문화운동본부 · 어린이문화진흥회 등에서 평론 활동과
독서 교육 운동을 펴는 한편, 어린이 독서 클럽 및 어린이 독서 지도사 양성 과정에 출강하고 있습니다.
제7차 교육 과정에 따른 고등학교 「독서」 교과서 편집 및 어린이 독서 논술 잡지 「생각이 저요 저요」
주간으로 일했으며, 지금은 일간 웹 소식지 「아름다운 아침」을 발행하고 있습니다.

2021년 11월 25일 2판 4쇄 **펴냄**
2011년 8월 25일 2판 1쇄 **펴냄**
2005년 1월 10일 1판 1쇄 **펴냄**

펴낸곳 (주)효리원
펴낸이 윤종근
지은이 앙드레 지드
엮은이 최지훈 · **그린이** 김민철
등록 1990년 12월 20일 · **번호** 2-1108
우편 번호 03147
주소 서울시 종로구 삼일대로 457, 1206호
전화 02)3675-5222 · **팩스** 02)765-5222

잘못 만들어진 책은 구입하신 서점에서 바꾸어 드립니다.
ISBN 978-89-281-0132-0 64840

이메일 hyoreewon@hyoreewon.com
홈페이지 www.hyoreewon.com

좁은문

앙드레 지드 지음

최지훈 엮음 / 김민철 그림

효리원
hyoreewon.com

『좁은 문』은 지금으로부터 100여 년 전에(1909년)
프랑스 작가 앙드레 지드가 지은 작품입니다. 어머니의
엄격한 종교적 가르침과 사촌 누이를 사랑한 작가의 실제
경험이 『좁은 문』을 탄생하게 한 배경이라고 할 수 있습니다.
『좁은 문』은 인간적인 사랑을 뛰어넘어 절대적인 사랑을
이루려는 과정에서 겪는 심리적 갈등을 주제로 하고 있습니다.
그러므로 이 소설은 심리 소설이라고 할 수 있습니다.
또한 주인공 제롬이 사랑에 눈뜨기 시작하는 열두 살 때부터
10년이 넘는 오랜 시간 동안에 걸쳐 진행된 사랑 이야기이기
때문에 일종의 성장 소설적인 구조를 이루고 있습니다.
심리 소설은, 사건을 중심으로 이야기가 전개되는
대부분의 소설과는 달리, 등장 인물들의 마음의
변화와 흐름에 초점을 맞추는 것이 특징입니다. 그렇기 때문에
어린이 여러분이 읽기에는 조금 이해가 어렵고,
이야기 전개가 답답하게 느껴질 수도 있습니다.
그런 점에서는 『좁은 문』도 마찬가지입니다.
더구나 이 소설은 원래 동화가 아니라 남녀 사이에 이루어지는

사랑의 심리를 다루고 있기에 어린이들에게는 부담스러울
뿐 아니라, 어떤 면에서 보면 적절하지 않을 수도 있습니다.
그러나 진정한 사랑의 의미마저 퇴색되어 가는 오늘날,
우리에게 아름답고 기품 있는 사랑을 보여 주는 귀중한
명작이기에 벅찬 부담을 안고도 이 작품을 소개하려 합니다.
이 책은 『좁은 문』의 원작을 그대로 번역한 것이 아니라,
어린이 여러분이 쉽게 읽고 제대로 즐길 수 있도록 엮은 것입니다.
워낙 작품 자체가 어린이가 읽기에는 어려운 내용이어서
부담스러우리라 생각되지만, 부담이나 부끄러움을 갖지 말고
아는 것은 아는 대로, 모르는 것은 모르는 대로 편안한 마음으로
읽어 나가기 바랍니다. 그러면, 끝에 가서는 미처 느끼지
못했거나 깨닫지 못한 것을 느끼고 깨닫는 기쁨을 맛볼 수 있을
것입니다. 가능하면 이번 기회에 부모님과도 함께
읽으면 더욱더 좋을 듯합니다.
아무쪼록 이 책을 통해 어린이들이 진실된 사랑을 조금이나마
이해하고, 세계적인 명작이 주는 값진 감동을
느낄 수 있게 되기를 바랍니다.

엮은이 최리톤

| 차례 |

르아브르의 사람들

내가 열두 살이 채 되기도 전에 아버지가 돌아가셨다.
르아브르에서 의사로 일하던 아버지가 돌아가시자
어머니는 나를 데리고 파리로 이사를 했다. 내가 좀더
좋은 환경에서 공부하기를 바랐기 때문이다.
어머니는 뤽상부르 공원 근처에 있는 아파트를 빌렸다.
그 곳에서 우리는 아슈뷔르통과 함께 살았다.
가족이 아무도 없는 아슈뷔르통은 원래 어머니의
가정 교사였는데, 나중에는 서로 자매처럼 지냈다.
어린 시절 나는 온화한 성격에 늘 상복 차림인 두 여자를
보면서 자랐다. 그래서 어머니의 모자에는 검은 리본말고는

그 어떤 것도 어울릴 것 같지 않다고 생각하곤 했다.

나는 꽤 허약한 편이었다. 그래서 어머니와 아슈뷔르통은
내가 무리하지 않도록 무척 신경을 썼다. 그러나 나는 공부를
무척 좋아했다. 두 분은 내 얼굴이 갈수록 창백해지는 것을
보고 잠시 도시를 떠나 있어야겠다고 생각했다.
6월 중순, 우리는 해마다 여름이면 찾던 퐁그즈마르로
출발했다. 퐁그즈마르는 우리 외가가 있는 곳으로,
파리로 이사 오기 전까지 살던 르아브르에서 가까운
바닷가 동네였다. 그래서 언제나 뷔콜랭 외삼촌이
르아브르까지 우리를 마중 나와 주셨다.
뷔콜랭 외삼촌 댁은 그다지 아름답다고 할 수 없는
정원 안에 지어 놓은 하얀 4층 건물이었다.
창문이 아주 많아 18세기 풍의 별장 같았다.
북쪽의 담을 따라 뻗어 나간 또 하나의 오솔길을
외사촌 누이들은 '어둠의 오솔길' 이라고 불렀다.
그리고 날이 저물면 그 쪽으로 나가는 것조차 꺼렸다.
그 길 끝쯤에 '비밀의 문' 이 있는 담이 있었다.
그 담 너머로는 너도밤나무가 길게 늘어서 있었다.

노을이 아름다운 날에는 저녁을 먹고 온 가족이
정원 아래로 산책을 나갔다. 작은 비밀의 문을 지나 조금 더
올라가면 폐광 터가 있었다. 그 폐광 입구에 오두막집이 있고,
그 집 앞에 벤치가 있었다. 그 벤치에 앉아 주변을 둘러보면
그 곳의 경치를 어느 정도 감상할 수 있었다.
우리가 어렸을 때에는 이 벤치가 어른들 차지였다.
그러나 나중에 이 벤치는 나와 알리사의 추억이
담긴 의미 있는 장소가 되었다.
우리는 땅거미가 질 때까지 정원에서 시간을

보내다가 집으로 돌아오곤 했다.

그 때까지 외숙모는 응접실에 앉아 있었다. 그녀는 밖으로
나가는 일이 거의 없었다. 그리고 우리 아이들은 각자의
방으로 갔다. 내 방으로 돌아오면 나는 밤늦도록 책을 읽었다.

아버지가 돌아가신 그 해에도 우리는 퐁그즈마르에 왔었다.
그 때 나는 열두 살밖에 안 되었지만 쥘리에트와 로베르가
매우 어려 보였다. 하지만 나보다 두 살 위인 알리사는
그렇지 않았다. 알리사를 보자 문득 우리 둘은
이제 어린아이가 아니라는 걸 깨닫게 되었다.
우리가 밖에서 놀다가 집에 돌아왔을 때, 어머니는 화가 난
목소리로 아슈뷔르통과 이야기를 하고 있었다. 어머니는
외숙모가 상복을 제대로 갖추어 입지 않았다면서 화를 냈다.
사실 외숙모가 상복을 입는 것은 어머니가 화려한
옷차림을 한 것만큼 어색하게 보일 것이다.
아슈뷔르통은 화가 난 어머니를 달래느라고
조심조심 말하고 있었다.
"어쨌든 흰 옷도 상복이긴 하잖아요?"
그러자 어머니가 버럭 소리를 질렀다.

"아니, 그럼 어깨에 걸친 붉은 숄도 상복이란 말이에요?"

나는 늘 여름 방학에만 외숙모를 보았기 때문에
어깨까지 넓게 파인 윗옷을 입은 가벼운 차림의 모습만
보아 온 셈이었다. 그것은 아마 더운 여름 탓이었을 것이다.
지금 어머니가 화를 내는 것은 붉은 숄보다도 어깨를
드러낸 그 모습이 눈에 거슬렸기 때문이다.

외숙모는 매우 아름다웠다. 알리사와 모녀 사이이면서도
마치 자매처럼 젊어 보였다. 외숙모는 식민지 출신이라고
했다. 어머니가 들려준 이야기에 따르면, 뤼실르 외숙모는
어린 시절 고아로 자랐다고 한다. 어쩌면 부모에게
버림받았을지도 모른다고 어머니가 말했던 기억이 난다.
그래서 어린 뤼실르를 보티에 목사 부부가
거두어 길렀다고 한다.

뤼실르가 열여섯 살이 되었을 때, 목사 부부는 르아브르로
이사를 왔다. 그래서 뷔콜랭 집안과도 서로 가깝게 지냈다고
한다. 그 때 은행에 다니던 외삼촌이 뤼실르를 보고
첫눈에 반해서 곧장 청혼을 했다고 한다.
그런데 외할아버지와 외할머니, 그리고 우리 어머니
모두가 그 결혼을 반대했다고 한다. 이유는 뤼실르의 품행이

단정해 보이지 않았기 때문이라고 한다.

보티에 목사에게는 수양딸 뤼실르말고도 어린 두 자녀가 있었다. 그런데 목사 부인은 뤼실르가 아이들에게 나쁜 영향을 끼친다고 걱정하고 있었다. 게다가 살림도 넉넉하지 않아서 될 수 있는 대로 빨리 뤼실르를 결혼시키려 했다고 한다. 그래서 외삼촌이 청혼했을 때 매우 반가워했다는 것이다. 그것은 모두 어머니의 이야기였다.

뤼실르 외숙모는 점심 식사가 끝날 때가 되어서야 겨우 자기 방에서 내려오곤 했다. 그러고는 소파에 길게 누워 있다가 저녁이 되면 지쳐서 일어나곤 했다. 그녀는 이따금 땀이라도 닦으려는 듯이 손수건으로 이마를 가만가만 누르곤 했다. 내가 보기에는 땀이 나는 것은 아니었다. 그 고운 손수건에서는 과일 향기가 났다. 외숙모는 때때로 허리춤에서 조그만 손거울을 꺼내 얼굴을 비춰 보며 손가락으로 눈꼬리를 매만졌다. 누워서 책을 보거나 손에 책을 쥔 채 멀거니 천장을 보며 공상에 잠긴 눈빛을 하기도 했다. 누가 다가가도 돌아보지도 않았다. 팔은 나른한 듯 힘없이 소파 팔걸이에 걸쳐져 있었다.

때때로 그 부근에 손수건이나 책의 서표(읽던 곳을 찾기 쉽도록 책장 상이에 끼워 두는 종이) 같은 것이 떨어져 있곤 했다.

저녁 식사가 끝난 뒤에도 외숙모는 가족들이 모여 있는 테이블 쪽은 거들떠보지도 않고, 피아노 앞에 앉아 쇼팽의 느린 마주르카를 연주했다. 그러다가 가끔 박자나 음이 틀리면 그대로 꼼짝도 하지 않고 앉아 있었다.

외숙모는 아슈뷔르통과 시누이인 어머니를 경멸했고, 어머니는 올케인 외숙모를 싫어했으며, 아슈뷔르통은 외숙모를 두려워했다. 그들 사이의 그러한 긴장감이 나를 조마조마하게 했다.

한 번은 책을 찾으려고 응접실에 들어갔다가 외숙모가 거기에 있어서 그냥 되돌아 나오려고 했다. 그런데 여느 때에는 거들떠보지도 않는 듯하던 외숙모가 나를 불러 세웠다.

"제롬, 왜 그렇게 급히 나가니? 내가 무서워?"

나는 가슴을 두근거리며 외숙모 쪽으로 다가갔다. 그리고 애써 미소를 지으면서 손을 내밀었다. 외숙모는 한 손으로 내 손을 잡고, 다른 한 손으로 내 얼굴을 어루만졌다.

"어쩜 이렇게 볼썽사나운 옷을 입혔을까, 가엾어라."

그 때 나는 칼라가 넓은 세일러복을 입고 있었다. 외숙모는
내 셔츠의 단추 하나를 풀고 칼라를 젖히면서 말했다.
"세일러복의 칼라는 이렇게 더 젖혀 입는 거야.
자, 봐라. 훨씬 보기 좋잖아."

외숙모는 작은 거울을 꺼내더니 내 얼굴을 자기

얼굴 쪽으로 끌어당겼다. 그러고는 내 목을 휘감아 반쯤

벌어진 셔츠 속으로 손을 집어 넣어 간질였다. 나는 깜짝 놀라

얼굴이 홍당무가 된 채 그 방에서 도망쳐 나왔다.

"아유, 저런 바보!"

등 뒤에서 깔깔 웃으며 말하는 외숙모의 목소리가 들려왔다.

나는 채소밭의 물탱크가 있는 정원 한 구석으로 달려나왔다.

그리고 손수건에 물을 적셔서 뺨과 목을 문질러 닦았다.

외숙모의 손이 닿았던 곳은 어디나 문질러 댔다.

외숙모는 때때로 간질 발작을 일으켰다. 발작은

갑자기 일어나서 온 집안을 발칵 뒤집어 놓았다. 그러면

아슈뷔르통은 부랴부랴 아이들을 감싸안고 밖으로 나갔다.

그렇지만 침실이나 응접실에서 들려오는 그 무서운

고함 소리까지 막지는 못했다.

뷔콜랭 외삼촌은 그 때마다 미친 사람처럼 수건이나

화장수, 에테르 따위를 가지러 복도를 뛰어다녔다.

한바탕 난리를 치른 날 저녁 식탁에서 보면 외삼촌은

별안간 늙어 버린 것처럼 보였다.

발작이 그치면 외숙모는 자기 아이들을 불러들였다.

대개 로베르와 쥘리에트만 부를 뿐 알리사는 부르지 않았다.
이렇게 슬픈 날이면, 알리사는 꼼짝도 않고 자기 방에
틀어박혀 있었다. 그러면 외삼촌은 알리사의 방으로
찾아가 알리사를 위로해 주었다. 외숙모의 발작은 일하는
하인들에게도 충격적이고 부담스러운 일이었다.

내가 열네 살 되던 해 여름 방학에도 외가에 갔다.
방학이 끝날 무렵의 어느 날 저녁이었다.
그 날 외숙모의 발작은 유난히 심했다.
나는 방에서 꼼짝 말고 있으라는 어머니의 말에
어머니 곁에 꼭 붙어 있었다. 그 방에서는 응접실에서
나는 소리가 거의 들리지 않았다. 그런데 한 하녀가
소리치며 복도를 뛰어가는 소리가 들렸다.
"주인어른, 어서 내려와 보세요.
마님께서 돌아가실 것 같아요!"
외숙모의 방은 3층에 있었고, 뷔콜랭 외삼촌은 4층 알리사의
방에 올라가 있었다. 그래서 어머니가 외삼촌을 부르러 갔다.
15분쯤 후, 내가 있던 방의 창 앞으로 두 분이 무심히
지나갔다. 아무 일도 없었던 것처럼.

그 때 어머니가 하는 말이 내 귀에 들려왔다.

"이건 모두 연극이야!"

어머니는 한 마디씩 끊어서 몇 번이나 그 말을 되풀이했다.

"연, 극, 이, 야, 연, 극!"

그 무렵, 어머니와 나는 외삼촌 댁이 비좁아서 플랑티에
이모 댁에서 지냈다. 외삼촌 댁은 르아브르의 상가 근처에
있었으나, 이모 댁은 상가에서 좀 떨어진 언덕마루에 있었다.
그 집에서는 시내가 거의 다 내려다보였다. 외삼촌 댁이 있는
퐁그즈마르와 이 곳은 그다지 멀리 떨어진 편은
아니어서 나는 하루에도 몇 차례씩 이 언덕길을
오르내리며 양쪽 집을 드나들었다.
좀처럼 만날 기회가 없었던 플랑티에 이모는 여러 해 전에
혼자가 되어 이 곳에서 이종사촌들과 살고 있었다.
이종사촌들은 나보다 나이가 훨씬 많은데다가
성격도 전혀 달라서 우리는 서로 어울리지 못했다.
하루는 점심 식사를 마친 뒤에 외가로 가서 알리사 누나를
놀라게 해 주려고 바삐 초인종을 눌렀다. 하녀가 문을
열어 주자 나는 바로 계단을 뛰어 올라가려고 했다.

그런데 하녀가 내 앞을 가로막으면서 말했다.

"올라가면 안 돼요. 지금 마님이 발작을 일으키셨어요."

그러나 나는 하녀의 말을 무시하고 위층으로 올라갔다.

외숙모를 보러 온 것이 아니라 알리사를 보러 온 것이니까.

4층 알리사의 방으로 가려면 3층의 외숙모 방을 지나가야

했다. 나는 외숙모한테 들키지 않으려고 가만가만

발소리를 죽이고 그 방 앞을 지나가다가 방 안의 광경을

보게 되었다. 커튼이 내려져 있기는 했지만 방 안의

모습이 한눈에 들어왔다.

두 갈래로 뻗어 있는 화려한 촛대에 불이 밝혀져 있었다.

외숙모는 긴 소파에 누워 있었고, 발치에 쥘리에트와

로베르가 있었다. 외숙모 뒤에는 웬 낯선 청년이 서 있었다.

그는 중위 계급장을 단 군복 차림이었다.

뷔콜랭 외삼촌은 외출하고 없었다.

젊은 장교는 부드러운 목소리로 다음과 같이 말했다.

"뷔콜랭! 뷔콜랭! 나에게 양이 한 마리 있다면

뷔콜랭이라고 부르겠어요."

쥘리에트와 로베르는 그를 바라보며 웃었다.

외숙모도 큰 소리로 웃었다.

외숙모가 담배를 꺼내 들자 그 청년이 불을 붙여 주었다.

외숙모는 담배를 몇 모금 빨다가 바닥에 떨어뜨렸다.

일부러 그랬을까?

청년은 얼른 담배를 주우려고 달려나오다가 솔에 걸려

넘어지는 체하면서 외숙모 앞에 무릎을 꿇었다.

그들의 우스꽝스러운 연극 덕분에 나는 들키지 않고

그 방 앞을 지나칠 수 있었다.

내가 나보다 두 살 위인 알리사 누나를 좋아하게 된 것은

예쁜 모습이 아니라 그녀에게서 풍기는 고상하면서 애수가

어린 분위기 때문이었다. 알리사는 자기 어머니를 많이

닮았지만 그녀의 표정이나 분위기는 외숙모와는 전혀 달랐다.

지금도 생각나는 것은 슬픔이 깃든 듯한 미소와 커다란

곡선을 그리며 눈에서 멀리 떨어져 있는 눈썹의 선이다.

그 눈썹은 그녀의 우아한 몸가짐과 명상에 잠긴 표정에

매우 잘 어울렸다. 그러한 모습이 어린 시절

내 마음을 사로잡았던 것이다.

얼굴만 봐서는 나보다 한 살 아래인 쥘리에트가 훨씬 더

예쁘다고 하는 사람도 있을 것이다. 그녀는 건강하고

발랄했다. 쥘리에트의 아름다움은 겉으로 눈에 띄게 드러나는

것이고, 알리사의 아름다움은 명상에 잠긴 듯한 표정으로
나타났다. 나는 쥘리에트와 로베르와는 곧잘 어울려
놀았지만, 알리사와는 그저 대화만 나누며 지냈을 뿐이었다.
나는 알리사의 방문을 조용히 두드렸다. 안에서는
아무 소리도 들리지 않았다. 그래서 나는 가만히 문을 밀고
안으로 들어섰다. 방 안은 어두컴컴했다.

알리사는 창가 침대 머리맡에 무릎을 꿇고 앉아 있었다.

저물어 가는 저녁 햇살이 비쳐 드는 창을 향해 앉아

있었으므로 검게 그늘진 등만 눈에 들어왔다.

나는 가만가만 그녀의 등 뒤로 다가갔다.

알리사는 그제서야 고개를 돌려 나를 보았다.

“아, 제롬. 네가 왔구나!”

알리사의 눈에는 눈물이 글썽이고 있었다. 무엇이 그토록

알리사를 슬프게 했을까? 나는 알리사가 슬퍼하는

까닭을 어렴풋이 짐작할 뿐이었다.

나는 여전히 무릎을 꿇고 있는 알리사의 곁에 간절한

마음으로 꿇어앉았다. 그 때 나는 온 마음을 다해 하느님께

기도했다. 평생 이 소녀를 보호하고 슬픔을 위로하며

지키는 데 내 모든 것을 바치겠다고……

알리사가 가만히 말하는 소리가 귀에 어렴풋이 들려왔다.

“제롬, 들어오면서 들키지 않았니? 자, 그만 하고 빨리 나가.

사람들한테 들키지 않게 조심하고.”

그러고는 더욱 낮은 목소리로 소곤거렸다.

“제롬, 아무에게도 말하지 마! 불쌍한 우리 아버지는

아무것도 모르고 계시니까.”

나는 그 때의 일을 어머니에게도 말하지 않았다.
그러나 외삼촌만 빼고 온 집안 식구들이 이미 다 알면서
쉬쉬하고 있었다. 이모와 어머니는 끊임없이 속삭이면서
안절부절못하거나 근심스러운 얼굴로 한숨을 내쉬곤 했다.
두 분이 몰래 소곤거리며 이야기할 때 내가 다가가면
두 분은 나를 멀리 떼어 놓으려고 늘 이렇게 말하곤 했다.
“애야, 저리 가서 놀아라.”
우리가 파리에 돌아오자마자 전보 한 장이 날아들었다.
어머니는 그 전보를 보자마자 다시 르아브르로 떠났다.
전보는 외숙모가 도망쳐 버렸다는 내용이었다.
“혼자서 도망쳤대요?”
나는 아슈뷔르통에게 물었다.
“그런 건 어머니께 여쭤 봐라. 난 아무것도 모르니까.”
그녀는 몹시 당황한 얼굴로 이렇게 말했다.
이틀 뒤, 토요일에 아슈뷔르통과 나도 르아브르의
이모님 댁으로 내려갔다. 그러나 나는 다음 날 교회에서
외사촌 누이들을 만날 생각에 잔뜩 들떠 있었을 뿐,
외숙모 생각은 별로 하지 않았다. 물론 어머니에게도
묻지 않는 편이 좋을 것이라고 생각했다.

좁은 문으로 들어가라

주일 아침, 작은 교회당에는 사람들이 별로 많지 않았다.
알리사는 나보다 조금 앞자리에 앉아 있었다. 나는 그녀의
옆모습만을 겨우 볼 수 있을 뿐이었다. 그녀를 바라보는 데
정신이 팔려 있었기 때문에 보티에 목사님의 말씀도 그녀를
통해 듣는 것만 같았다. 뷔콜랭 외삼촌은 어머니 곁에 앉아
손수건으로 눈물을 닦고 있었다.

그 날 보티에 목사의 설교는 성경 구절을 주제로 한 것이었다.
"좁은 문으로 들어가기를 힘쓰라. 멸망으로 인도하는 문은
크고 그 길이 넓어 그리로 들어가는 자가 많고, 생명으로
인도하는 문은 작고 그 길이 좁아 찾는 이가 적으니라."

크고 넓은 문으로는 죄로 더러워진 인생들이

긴 행렬을 이루어 들어가고 있으므로 그 쪽에 끼어들지

말고 좁은 문으로 가야 한다는 것이었다.

이 준엄한 말씀을 듣는 동안, 나는 외숙모가 머리에 떠올랐다.

긴 소파에 누워 웃고 있는 외숙모와 군복을 입은 젊은

장교의 모습이었다. 그러자 웃음과 기쁨이 아주 더러운

죄악으로 느껴지게 되었다. 알리사와 나는 그런

행렬에 끼여서는 안 된다고 생각했다.

그 때 보티에 목사는 성경 인용문의 첫 구절을 되풀이했다.

나는 힘써 들어가야 할 그 좁은 문을 보았다.

나는 상상에 잠겨서 압축기처럼 몸을 옥죄는 그 문으로

들어가려고 애썼다. 나는 그리로 들어가려고 애쓰느라

말할 수 없는, 그러나 하느님의 축복의 예감이 섞여

있는 고통을 느낀다고 생각했다.

그 순간, 그 문이 바로 알리사의 방문처럼 느껴졌다.

좁은 문으로 들어가는 사람은 드물다고 했지만,

나는 그 중의 한 사람이 되리라고 다짐했다.

보티에 목사가 설교에서 말하는 더러운 죄인은 바로 외숙모와

젊은 장교를 두고 말하는 것처럼 들렸다. 나도 그 젊은

장교처럼 되지 않으려면, 여자를 몰래 만나거나 사귀면서
노닥거리는 부정한 짓은 절대 하지 말아야겠다는 생각이
들었다. 그래서 예배를 마치고 만나 보려고 했던
사촌 누이 알리사를 피해 밖으로 뛰쳐나갔다.
스스로 시련에 몸을 던지는 것. 그것이 좁은 문을 찾아가는
길이다. 그것은 곧 가까이하고 싶은 알리사에게서 멀어져야
하는 것이다. 그래야만 알리사에게 어울리는 사람이
될 것이라고 생각했기 때문이다.

그런데 이러한 생각은 나보다도 알리사가 더욱 강렬한
자극으로 받아들여서 그것을 실천하려고 단단히 결심한 것
같았다. 외숙모가 빚어 낸 충격이 그대로 알리사에게 전해져
절대 순결, 절대 금욕의 생애를 결심하게 했기 때문이다.

나는 공부하기를 좋아했다. 놀이도 깊이 생각하는
것이거나 힘든 것이 아니면 열중할 수 없었다. 그래서
내 나이 또래의 아이들과는 별로 사귀지 않았다.
그러나 그 이듬해 파리로 유학을 와서 내 동급생이 된
아벨 보티에와는 잘 어울렸다.
그는 르아브르에 살고 있는 보티에 목사의 아들이다.
상냥하고 낙천적인 소년이어서 매우 편안하게 사귈 수
있었다. 적어도 그와 어울리고 있을 때면 언제나
내 생각이 달려가는 르아브르와 퐁그즈마르에 대해
이야기할 수가 있었던 것이다.
외사촌 동생 로베르 뷔콜랭도 우리와 같은 중학교에 다녔다.
우리보다 두 학년 아래였던 그도 기숙사 생활을 했다. 하지만
그가 알리사의 동생만 아니었다면 나는 그를 만날 생각조차
하지 않았을 것이다. 그래서 겨우 일요일에나 만나곤 했다.

나에게 알리사는 성서의 복음서에 나오는, 밭에서
발견한 값진 진주와 같았다. 나는 그 진주를 얻기 위해
내가 가진 모든 것을 팔아 버리기로 했다.
그래서 나는 스스로 즐거움을 버리고 좁은 문을 택했다.
공부, 노력, 경건한 행동 등 이 모든 것은
알리사를 위한 것이었다.
알리사는 천성이 자유롭고 우아했다. 그 미소와
눈길에 깃든 엄숙한 빛이 내 마음을 사로잡았다. 그녀는
굳이 덕성을 닦으려 하지 않아도 그 성품 자체가
그대로 정결한 품위를 보여 주었다.

열다섯 살이 된 이듬해 여름, 나는 늘
그랬던 것처럼 다시 외삼촌 댁을 방문했다.
외삼촌은 눈에 띄게 늙어 보였고 어깨마저 축 처져 있었다.
어느 날 저녁, 나는 정원 한쪽 잔디밭에 엎드려 책을 읽고
있었다. 그런데 가까운 곳에서 알리사와 외삼촌이 나누는
이야기가 들려왔다. 그들은 내가 그들 가까이에 있다는
것을 눈치 채지 못했던 모양이다.
"펠리시에 고모부는 훌륭한 분이셨어요?"

알리사가 말하는 펠리시에 고모부는 바로 돌아가신
우리 아버지를 말하는 것이다. 그런데 외삼촌의 대답
소리는 잘 들리지 않았다.
알리사가 내 이름을 말하는 소리가 들려 나는
그들의 대화에 귀를 기울이게 되었다.
"그랬군요. 제롬도 똑똑하지요?"

알리사가 물었다.

"음, 그래. 그 애는 공부도 좋아하고……."
외삼촌의 목소리는 잘 알아들을 수 없었지만 그렇게 말한
것 같았다.
"아빠는 제롬이 훌륭한 사람이 되리라고 생각하세요?"
"네가 말하는 훌륭한 사람이 어떤 사람을
말하는 건지 알고 싶구나."
"모든 사람에게 존경과 사랑을 받을 수 있는 사람."
그 때 외삼촌의 목소리가 높아졌다.
"너는 사람이 보기에 훌륭해 보이는 사람을 말하는 거냐,
아니면 하느님 보시기에 훌륭한 사람을 말하는 거냐?
세상 사람들의 눈에는 훌륭해 보이지 않는 사람이라 해도
하느님이 보시기엔 아주 훌륭한 사람이 있는 법이란다."
"저도 하느님께 칭찬받는 사람이 되고 싶어요. 제롬도 그런
사람이 되리라고 믿어요……. 그런데 훌륭한 사람이 반드시
성공하는 건 아니지요? 성공하려면 어떻게 해야 하죠?"
"글쎄, 아마 이런 성품이나 조건이 필요한 게 아닐까?
사람들에게 믿음을 준다든가, 남을 도울 만한 힘이 있다든가,
사람을 사랑하는 마음과 행동이 넘친다든가……."

"도울 힘이라니요?"

알리사가 다시 물었다.

그들은 일어나 천천히 걷기 시작했고, 여전히 이야기를

나누면서 내 앞을 지나갔다. 그래서 두 사람의

대화를 더 들을 수는 없었다.

나는 저녁 기도 시간에, 본의 아니게 남의 말을 엿듣게

되었다고 알리사에게 고백해야겠다고 마음먹었다. 그리고

용서를 구할 것이다. 그러면 자연스럽게 아버지와 딸이 나눈

대화 내용을 화제로 삼을 수 있을 것이라고 생각했다.

그러나 그 날 저녁 시간에는 말하지 못했다.

다음 날, 내가 그 이야기를 고백하자

알리사는 꾸짖듯이 말했다.

"남의 말을 엿듣다니……. 제롬, 어떻게 그런 짓을!

마땅히 인기척을 냈어야지."

"엿들으려고 했던 게 아니라 그냥 들려왔을 뿐이야.

그리고 내가 어떻게 해야 좋을지 망설이는 사이에 외삼촌과

네가 그 곳을 그냥 지나가 버렸다고. 정말이야."

"우리는 천천히 걷고 있었는걸."

"그래, 그렇지만 내게는 들릴락말락 할 정도였어. 그리고 곧

들리지 않게 되었어. 그런데 성공하려면 무엇이
필요한가 물었을 때 외삼촌이 뭐라고 대답하셨지?”
“제롬!”
알리사는 웃으며 말했다.
“다 듣고 나서 뭘 그래? 내게 한 번 더 되풀이시키고 싶어?”
“아냐, 첫머리밖에 듣지 못했어.”
“여러 가지 많은 것들이 필요하다고 하셨어.”
“여러 가지 어떤 것?”
알리사는 갑자기 정색을 하고 말했다.
“네게는 어머니가 계시니까 너의 인생에 대해서는
그분이 더 잘 말해 주실 거라고 하셨어.”
“알리사, 어머니가 언제까지나 내 곁에 계실 수
없으리라는 걸 잘 알고 있잖아. 그리고 외삼촌의 생각과
어머니의 생각은 다를 수 있는 거 아니겠어? 내가 장차
무엇이 되든지 그것은 모두가 알리사를 위해서야.”
“그렇지만 제롬, 우리도 언젠가는 헤어질 수 있잖아?”
“그런 일은 없어. 나는 절대 네 곁을 떠나지 않을 거니까.”
알리사는 어깨를 약간 으쓱하면서 말했다.
“넌 혼자서는 걸어다닐 수 없니? 누구든지 하느님께는

혼자 걸어가야 해."

"하지만 내게 그 길을 인도할 사람은 알리사 너뿐이야."

"그리스도를 제쳐두고서 어떻게 하느님께 인도할

사람을 구할 수 있겠니? 우리가 가장 가까이 있을 수

있는 것은 우리 두 사람이 서로를 잊고 하느님께

기도드릴 때라고 생각하지 않니?"

"그래."

나는 그녀의 말을 가로챘다.

"나는 우리를 결합시켜 달라고 밤낮으로 기도하고 있어.

우리 둘이 하느님 안에서 함께 찬양하도록 말이야.

네가 찬양하는 것을 나도 역시 찬양하는 것은,

바로 너를 위한 찬양이니까."

"너의 그런 찬양은 순수하지 못해. 찬양은 오로지 하느님께

드리는 것이지 사람을 위하여 하는 게 아니잖아."

나는 맥이 빠져서 고개를 숙이고 말했다.

"내게 너무 어려운 걸 바라진 마. 아무리 천국이라 해도

널 다시 만나지 못한다면 내게 그런 천국은 의미가 없어."

알리사는 손가락 하나를 자기 입술에 갖다 대더니

약간 엄숙한 목소리로 말하는 것이었다.

"너희는 먼저 하느님의 나라와 그 의를 구하라."

어머니는 오래 전부터 심장병을 앓고 있었다. 그런데 그 무렵 심장병의 고통이 차츰 더해 갔다. 유난히도 발작이 심하던 어느 날, 어머니는 나를 곁으로 불렀다.

"얘야, 너도 잘 알다시피 나도 이젠 많이 늙었구나. 언제 갑자기 너를 두고 가 버리게 될지……."

어머니는 숨이 가빠져서 말을 끊었다.

나는 어머니께, 내가 말을 꺼내기를 기다리는 듯한
그 말을 그만 하고 말았다.
"어머니, 아실 테지만 전 알리사와 결혼하고 싶어요."
"그래, 내가 하려던 이야기도 바로 그거란다, 제롬."
"어머니!"
나는 흐느끼면서 말했다.
"알리사도 절 사랑하고 있겠죠?"
"그럼, 애야. 그렇고말고."
어머니는 몇 번이나 정답게 같은 말을 반복했다.
어머니는 힘겹게 말을 이었다.
"모든 것을 하느님의 뜻에 맡겨야 한다."
그러고는 곁에서 고개를 숙이고 있던 내 머리 위에
손을 얹고 이렇게 말했다.
"하느님께서 아들을 보호하여 주시옵기를. 부디
하느님께서 너희 두 사람을 보호하여 주시옵기를."
어머니는 깊은 잠에 빠져들었다.
나는 어머니를 깨우지 않았다.
며칠 후 저녁, 어머니는 아슈뷔르통과 내가 지켜보는 앞에서
조용히 세상을 떠났다. 임종에 가까워서야 위험한 증세가

나타났기 때문에 친척들이 달려올 틈도 없었다.

어머니가 돌아가신 다음 날, 외삼촌이 왔다. 알리사는 오지

않았다. 외삼촌은 알리사의 편지를 내게 전해 주었다.

제롬, 나의 벗, 나의 동생.
고모님이 기다리시던 말씀을 돌아가시기 전에 해 드리지 못해
얼마나 가슴아픈지 몰라.
고모님께서 용서해 주시고, 앞으로는 하느님께서
우리를 인도해 주시길 기도할게.
그럼 안녕.   ― 어느 때보다도 더욱 다정한 너의 알리사가 ―

어머니가 돌아가시기 전에 하지 못한 말이란 바로

우리 둘 사이에 이루어져야 할 앞날의 기약이 아니겠는가!

나는 청혼하기에는 아직 어렸기 때문에 정식으로 청혼하지

못했지만, 우리의 사랑은 이미 친척들에게도 비밀이

아니었다. 어머니와 마찬가지로 외삼촌도 벌써부터

나를 자식처럼 대해 주고 있었다.

그로부터 며칠 뒤에 부활절 방학이 시작되어

나는 르아브르에서 가서 지냈다. 그 동안 나는 플랑티에 이모

댁에서 묵었지만 식사는 거의 외삼촌 댁에서 했다.

플랑티에 이모는 더할 나위 없이 훌륭한 분이었지만 뷔콜랭
외삼촌만큼 친숙하지는 않았다. 이모는 늘 숨이 턱에 차도록
분주했다. 태도나 음성이 언제나 야단스러웠다.

이모는 아무 때나 우리를 만나기만 하면 귀찮을 정도로
껴안고 볼을 비벼대곤 했다.

외삼촌도 플랑티에 이모를 퍽 좋아했지만 생전의
어머니를 더 좋아했음을 느낄 수 있었다.

어느 날 저녁, 이모가 내게 말했다.

"네가 올 여름엔 뭘 할 생각인지 모르겠다만, 내 할 일을
결정하기 전에 네 계획부터 좀 알았으면 좋겠구나.
혹 네게 도움이 될 수 있을까 해서 말이다."

"아직 생각해 보지 않았지만, 여행을 해 볼까 합니다."
내가 대답했다.

"너는 알겠지만 퐁그즈마르에서와 마찬가지로 우리 집에서도
네가 오는 것은 언제든지 환영이다. 하기야 외가에 가면
외삼촌이랑 쥘리에트가 더 반가워하겠지만……."

"쥘리에트가 아니라 알리사예요."

"참, 그렇구나. 알리사였지. 미안하구나. 사실은
얼마 전까지만 해도 나는 네가 좋아하는 애가 쥘리에트인 줄
알았어. 네 외삼촌이 말해 줘서 알리사라는 걸 알았지 뭐냐.
내가 너희들을 모두 사랑하면서도 너희들의 생각까지 제대로
알고 있지 못했구나. 너희들을 만나서 이야기할 기회가
드물었기 때문일 거야. 게다가 난 꼼꼼하고 자상한 성격이
못 되고, 또 솔직히 말해서 다른 사람들의 일에 관심을 가질

겨를도 없었어. 어쨌든 네가 알리사를 선택했을 때는
그만한 이유가 있겠지."
"이모, 전 여러 여자들 사이에서 알리사를 선택한 게
아니에요. 더구나 무슨 이유 같은 건 생각해 보지도 않았고,
생각해 보려고도 하지 않은걸요."
"그렇다고 내 말에 그렇게 화낼 것까지는 없잖니, 제롬?
아무튼 넌 아직 상중이라 예법상 약혼할 수가 없단다.
게다가 넌 아직 어리고. 그래서 내 생각에는 어머니와 함께도
아니고 너 혼자 퐁그즈마르에 가는 것이 좀 쑥스러운
노릇일 테니……."
"제가 여행을 가려는 것도 그 때문입니다."
"그래, 그러니 내가 있어야 만사가 순조로울 것 같아서 이번
여름 한 달 동안은 너를 위해 시간을 내기로 했다."
"이모님이 그렇게 마음쓰시지 않아도 돼요. 제가 부탁하면
아슈뷔르통이 와 줄 거예요."
"그것은 나도 안다. 그러나 그것만으로는 충분하지 않아.
나도 함께 가겠다. 그렇다고 가엾은 네 어머니 노릇을
내가 대신하겠다는 뜻은 아니란다."
플랑티에 이모는 갑자기 흐느끼며 말했다.

"단지 네가 그 집에 묵는 동안 내가 집안일을 돌봐 줄
생각이다. 그러면 너도 덜 미안하고, 외삼촌이나 알리사도
어색하게 여기지 않을 테니까 말이다."
이모는 우리를 위해서라고 했지만 우리는 오히려 거북했다.
이모는 예정대로 7월이 되자 퐁그즈마르에 왔다.
아슈뷔르통과 나도 곧 이모를 따라 왔다.
이모가 알리사네 집안일을 도와 주기 시작하자 그처럼
조용하던 집이 끊임없이 소란스러워졌다. 나나 알리사는
이모와 잘 어울리지 못해서 이모는 우리가 무척 쌀쌀맞다고
생각했을 것이다. 그런데 쥘리에트는 호들갑스러운
이모의 성격과 잘 어울렸다.
어느 날 아침, 이모는 나를 불렀다.
"제롬, 참 곤란하게 됐구나. 딸애가 아프다는 편지가 왔구나.
아무래도 널 두고 나 먼저 가야겠다."
이모가 떠난 뒤에도 계속 퐁그즈마르에 머무를 것인지
고민하다 외삼촌을 찾아갔다.
내가 말을 꺼내자마자 외삼촌이 말했다.
"떠나다니, 제롬? 너는 이미 내 자식이나 다름없다.
플랑티에 누님이 계시건 안 계시건 상관 없는 일이야."

플랑티에 이모는 퐁그즈마르에 단지 두 주일을
머무르다 돌아갔다.

이모가 떠나자 집안은 다시 조용해졌다.

이모가 떠난 며칠 뒤, 우리는 저녁 식탁에 앉아
이모 이야기를 했다.

"왜 그렇게 야단법석이람!"

우리는 약간 조롱하는 듯한 말투로 이모를 깎아 내렸다.

그러자 외삼촌이 쓸쓸히 웃으며 말했다.

"얘들아, 사람의 생애 중에 어느 한 시기만을 가지고
그 사람을 판단하진 말자. 지금 너희들이 분주하다고
하는 이모도 젊었을 때에는 발랄하고, 귀엽고,
애교도 있고 그랬어. 우리도 지금의 너희들과
비슷했었지. 나는 제롬 너와 비슷했고,
플랑티에 이모는 지금의 쥘리에트랑
흡사했어. 몸맵시까지도."

그러면서 외삼촌은 쥘리에트 쪽을 쳐다보았다.

아슈뷔르통이 나를 돌아보며 속삭이듯 말했다.

"알리사는 네 어머니를 꼭 닮았단다."

오로지 순결하기 위해

그 해 여름은 찬란했다.

아침마다 나는 기쁨으로 잠을 깼다. 동틀 무렵이면 일어나서

해를 맞으러 달려가곤 했다. 알리사는 밤늦게 잠들고

아침 늦게까지 자는 습관이 있었다. 그래서 나는 아침 일찍

일어나면 쥘리에트와 함께 정원으로 내려가곤 했다.

쥘리에트는 언니와 나 사이에서 메신저(소식을 전하는 사람)

역할을 해내고 있었다. 나는 쥘리에트에게 끊임없이 알리사에

대한 사랑을 이야기했고, 그녀는 그런 내 이야기를 싫증내지

않고 잘 들어 주었다. 나는 알리사 앞에서는 할 수 없었던

이야기도 쥘리에트에게는 털어놓았다. 알리사는 우리가

자기에 관한 이야기를 하는 사실을 몰랐는지 혹은
모른 척하는 것인지, 자기 동생과 내가 아주 쾌활하게
이야기하는 것을 보면서 재미있어했다.

"슬픈 꿈을 꾸었어."
방학이 끝날 무렵의 어느 날 아침, 알리사가 내게
꿈 이야기를 해 주었다.
"난 살아 있는데 제롬 네가 죽어 있었어. 아니, 네가 죽는 걸
본 건 아닌데 이미 죽어 버렸다는 거야. 정말 무서웠어. 그
꿈이 마치 평생 너와 떨어져 살게 된다는 조짐처럼
여겨져서 마음이 쓰여."
"왜 그런 소리를 해?"
"글쎄, 모르겠어. 그냥 우리는 서로 그리워하면서
살아야 하는 운명 같다는 느낌이 들어."
나는 알리사의 이야기를 진지하게 받아들이기가 두려웠다.
그래서 알리사에게 반박이라도 하려는 듯이 이렇게 말했다.
"그런데 난 죽음밖에는 아무것도 우리를 갈라놓지
못할 것이라는 꿈을 꾸었어."
"죽음이 우리를 갈라놓을 수 있다고 생각하니?"

"아니, 내 말은……."

"나는 오히려 죽음이 우리를 가깝게 해 줄 것 같은 생각이
드는데……. 그래서 살아 있는 동안에 헤어져 있던 사람도
죽으면 저 세상에서 다시 만나게 될 거라는 생각이 드는걸."

이 날의 대화는 내 마음 속에 불길한 예감으로 깊이 박혔다.

여름이 끝나 가고 있었다. 들판은 갈수록 텅 비어
점점 황량해져 갔다.

퐁그즈마리를 떠나기 이틀 전, 나는 쥘리에트와 함께 아래
정원 숲으로 내려가고 있었다.

"어제 저녁에 알리사에게 암송해 준 게 뭐지?"

쥘리에트가 물었다.

"언제 말야?"

"그 폐광 터에 있는 벤치에서 말이야. 둘만 남겨 놓고
우리가 먼저 와 버렸을 때……."

"아아, 보들레르의 시였을 거야."

"어떤 시야? 나한테도 들려주지 않을래?"

이윽고 우리는 차가운 어둠 속에 잠기리라.

나는 별로 내키지 않는 기분으로 보들레르의 「가을 노래」를
읊기 시작했다. 막 첫 구절을 읊는데 쥘리에트가 그녀답지
않게 떨리는 목소리로 그 다음 구절을 암송했다.

잘 가거라, 너무나도 짧았던
우리들 여름날의 찬란한 빛이여!

"아니, 너도 이 시를 알고 있었니? 넌 시 같은 건
좋아하지 않는 줄 알았는데……."

내가 놀라 말했다.

“왜? 오빠가 내겐 읊어 주지 않아서? 때때로 오빠는
날 바보 취급하는 것 같아.”

쥘리에트는 웃으면서, 다소 부자연스럽게 말했다.

“그런 건 아냐. 총명하면서도 시를 좋아하지 않는 사람이
있거든. 네가 시에 대해 이야기하는 걸 들어보지 못했고,
나한테 시를 읊어 달라고 부탁한 적도 없었잖아?”

“그야 알리사 언니가 도맡아 했으니까…….”

잠시 우리 사이에 말이 끊어졌다.

“모레 떠나는 거야?”

쥘리에트가 물었다.

“그래야겠어.”

“올 겨울엔 뭘 할 생각인데?”

“사범 학교에 들어갈 거야.”

“언니와는 언제 결혼할 거야?”

“아무래도 군대를 마치기 전에는 안 되겠지. 그리고 내가
하고 싶은 일이 무엇인지도 좀더 생각해 보고.”

“그걸 아직도 못 정했어?”

“아직은 결정하고 싶지 않아. 흥미를 끄는 일들이 아주

많거든. 그러니까 언젠가 그 가운데서 뭔가 선택해서
그것에 몰두하게 될 때가 있을 거야. 그 때까지 난 될 수
있는 대로 결정을 미룰 생각이야.”
“그럼 약혼을 미루는 것도 몸이 매일까 봐 두려워서야?”
나는 대답 대신 어깨를 으쓱했다.
그녀는 계속해서 물었다.
“그럼 왜 약혼을 망설이고 있어? 왜 약혼을 하지 않는 거야?”
“꼭 약혼을 해야 할 필요가 있을까? 남들에게 알리지
않더라도, 지금도 같이 있고 또 앞으로도 서로에게 속한다는
걸 우리가 알고 있으면 그만 아냐? 일생을 알리사에게 바치고
싶은 마음뿐인데, 그런 마음을 무슨 약속 따위로 얽어매는
편이 더 훌륭하다고 생각하니? 난 그렇게 생각하지 않아.
맹세 같은 건 사랑에 대한 모독이야. 알리사를 믿지
못하게 되면 그녀와 약혼을 하지.”
“하지만 내가 믿지 못하는 건 알리사가 아닌걸…….”
쥘리에트와 나는 천천히 걸었다.
그러는 사이 어느덧 내가 알리사와 외삼촌의 대화를 엿들었던
정원까지 왔다. 그 때 문득, 좀 전에 정원 쪽으로 나가던
알리사가 어쩌면 우리가 하는 이야기를 엿들었을지도

모른다는 생각이 떠올랐다. 알리사 앞에서는 감히 할 수

없었던 말을 직접 들려줄 수도 있지 않을까 하는 생각이 내

마음을 유혹했다. 나는 내가 꾸민 연극에 신이 나서,

내 나이 또래의 아이들이 흔히 하는 좀 과장되고

감격적인 어조로 목소리를 높였다.

"아아!"

나는 내 말에 스스로 취해서 쥘리에트의 말 속에 담긴

그녀가 입 밖에 내지 않고 있는 이야기의 뜻을 깨닫지 못했다.

"아! 사랑하는 이의 영혼 위에 몸을 굽혀, 마치 거울 속을

들여다보는 것처럼 그 영혼 속에 비치는 자신의 모습을 볼 수

있다면! 상대방의 마음을 자기 자신처럼, 아니 자기 자신의

마음보다 더 선명히 헤아려 볼 수 있다면 ! 그렇다면 사랑은

그 얼마나 안온해질까, 그 얼마나 순수해질까!"

쥘리에트는 안타까운 표정을 짓고는 내 어깨에

머리를 기대며 말을 이었다.

"제롬 오빠, 알리사 언니를 행복하게 해 줘. 만일 오빠 때문에

언니가 괴로워하게 되면 난 정말 오빠를 미워할 거야."

"쥘리에트."

나는 쥘리에트를 돌려 세워 이마를 쳐들면서 말했다.

"그렇게 되면 너보다 먼저 내가 나 자신을 증오하게
될 거야. 난 알리사 없이는 어떤 것도 하고 싶지 않아. 내가
하려고 하는 것은 알리사와 함께 할 수 있는 것이어야 해."
"오빠가 이런 이야기를 할 때 언니는 뭐라고 했지?"
"난 아직 알리사에게 나의 이런 마음이나
결심을 말한 적이 없어."
"말하지 않고 있다가 갑자기 언니를 행복하게
해 주고 싶어서?"
"그런 건 아냐. 다만 알리사를 놀라게 할까 봐 두려운 거야.
알리사는 언제나 큰 행복을 바라지 않고 작고 소박한 행복에
만족해했어. 언젠가 알리사에게 여행하고 싶지 않냐고 물은
적이 있어. 그런데 알리사는 조금도 바라지 않는다고 하면서
단지 그러한 나라들이 있고, 그러한 아름다운 나라에
가 볼 수 있다는 것을 아는 것만으로도 충분하다는 거야."
"오빠는 여행을 많이 하고 싶어?"
"어디든지 다 가 보고 싶어. 삶 자체가 내게는
긴 여행처럼 느껴져."
우리는 갈림길 근처에 다다랐다.
되돌아가려고 막 발길을 돌리려는 순간,

거기에 뜻밖에도 알리사가 있었다.

알리사는 안색이 몹시 창백하였다.

쥘리에트가 깜짝 놀라 소리쳤다.

"언니, 왜 그래?"

"몸이 좋지 않아."

알리사가 중얼거렸다.

"바람이 너무 차구나. 들어가는 게 좋을 것 같아."

그리고는 금세 우리 곁을 지나 빠른 걸음으로 집 쪽으로 갔다.

"우리가 하던 이야기를 들은 거야."

알리사가 좀 멀어지자 쥘리에트가 말했다.

"하지만 알리사가 기분 상할 이야기는 없었잖아."

"그만 돌아가야겠어."

쥘리에트도 나를 남겨 두고 알리사의 뒤를 급히 쫓아갔다.

그 날 밤, 나는 잠을 이룰 수가 없었다.

알리사는 저녁 식사 때 잠깐 모습을 나타냈다가 머리가

아프다며 곧 자기 방으로 들어가 버렸다. 나는 알리사가

우리의 대화를 듣고 심란해진 것이라고 짐작했다.

나는 걱정스럽게 우리가 나누었던 말들을 돌이켜보았다.

그리고 내가 쥘리에트에게 너무 바싹 붙어 걸었던 것과

쥘리에트의 몸에 팔을 감고 있었던 게 아마 잘못이었는지도
모른다는 생각이 들었다. 하지만 그런 것은 이미 어릴 때부터
우리가 늘 하던 버릇이 아니던가! 뿐만 아니라 알리사는
우리가 그렇게 걷는 모습을 이미 여러 번 보았던 것이다.
그러나 내가 귀 기울이지 않아서 잘 생각나지 않는
쥘리에트의 말들에 신경이 쓰였다. 나는 무심히 들어 넘긴
말에 알리사는 속이 상했을지도 모른다고.
나는 갈피를 잡지 못한 채 불안한 마음으로 밤새 뒤척였다.
알리사가 나의 사랑을 의심할지 모른다는 생각에 겁이 났다.
그래서 다음 날 약혼을 하기로 결심했다.

그 다음 날은 르아브르에서 보내는 마지막 날이었다.
개학을 맞아 학교로 돌아가야 했던 것이다.
알리사가 슬픈 표정을 짓고 있는 것도 그 때문이려니 했다.
알리사는 나를 피하는 것 같았다.
단둘이서는 만나지도 못한 채 해가 저물었다.
나는 그녀에게 아무 말도 못하고 떠나게 될까 봐 두려워서
저녁 식사 시간이 되기 전에 알리사의 방으로 찾아갔다.
알리사는 산호 목걸이를 벽 높은 곳에 걸고 있었다. 그녀는 두

팔을 올린 채 문 쪽으로 등을 돌리고 있었다.

두 개의 촛불 사이로 거울이 걸려 있었다. 알리사의 어깨

너머로 보이는 거울 속에 알리사의 얼굴이 비쳤다.

알리사도 거울로 내가 방에 들어서는 것을 보았다.

그녀는 돌아보지도 않고 얼마 동안 거울 속의 나를

바라보았다. 우리는 서로 거울 속으로 눈길을

마주치고 있었다.

“아니! 문이 열려 있었니?”

알리사가 말했다.

“노크를 했는데도 대답이 없었어, 알리사.”

나도 거울 속의 알리사를 향해 대답했다.

“내가 내일 떠나기로 한 건 알고 있어?”

알리사는 아무 대답 없이 걸려던 목걸이를

그냥 벽난로 위에 올려놓았다.

나는 ‘약혼’이란 말이 너무 노골적으로 들릴까 봐 에둘러 내

뜻을 전했다. 내 말을 알아듣고 알리사는

쓰러질 듯 벽난로에 몸을 기댔다.

하지만 나 역시 몹시 떨렸기 때문에 알리사를 쳐다보는

것조차도 피했다. 나는 눈길을 떨어뜨린 채 그녀의 손을

잡았다. 알리사는 내 손을 뿌리치지 않았다.

그녀는 얼굴을 약간 숙여 내 손에 자기 입술을 갖다 대고

몸을 반쯤 내게 기댄 채 중얼거리듯 말했다.

“아니야, 제롬. 제발 약혼 같은 말은 하지 마.

우리 약혼은 하지 말자. 제발…….”

내 가슴이 심하게 뛰었기 때문에 알리사도

그것을 느꼈을 것이다.

알리사는 한결 다정하게 말했다.

"우리 사이에 약혼 같은 절차가 왜 필요하겠어?"

알리사는 내가 쥘리에트에게 한 말을 다 들은 것이다.

"오해하지 마, 제롬. 지금 이대로도 우린 충분히 행복하지

않니? 나는 제롬의 사랑을 조금도 의심한 적이 없어."

알리사는 애써 미소를 지으려고 했다.

"그렇지 않아. 널 두고 떠나야 하니까."

"제롬, 오늘 저녁엔 이야기 못하겠어. 우리의 마지막

순간을 망치지 말자. 난 한결같이 제롬을 사랑하고 있어.

그러니 안심해. 내가 편지 쓸게. 편지에다 이유를

설명할게. 꼭 쓸게. 내일 제롬이 떠나자마자 곧바로."

그것이 우리의 작별이었다. 그 날 저녁,

나는 그녀에게 한 마디 말도 하지 못했다.

이튿날, 내가 떠날 때에도 알리사는 자기 방에

있었다. 그녀는 내가 탄 마차가 멀어져 가는 것을

바라보며 창가에 서서 작별의 손짓을

보내 주었다. 나는 그런 알리사를 바라보며

르아브르를 떠났다.

알리사의 속마음

그 해에, 나는 아벨 보티에를 거의 만나지 못했다.

그는 징집되기 전에 자원 입대를 했고, 나는 수사학 강의를

한 번 더 들으며 학사 시험을 준비하고 있었다.

아벨보다 두 살 아래인 나는 학교를 졸업할 때까지

병역을 연기해 두었다.

우리는 다시 반갑게 만났다. 군에서 나오자 그는 한 달 동안

외국을 여행하고 돌아왔다. 새 학기가 시작되기 전날 오후,

나는 뤽상부르 공원에서 아벨에게 그 동안 혼자 간직하고

있던 내 사랑 이야기를 자세히 들려 주었다.

그 다음 날, 나는 알리사의 편지를 받았다.

그리운 제롬.

네가 제안한 것을 곰곰이 생각해 보았어.

나는 너보다 나이가 많다는 게 부담스러워. 너는 지금까지 다른 여자들을

사귀어 보지 않아서 나이가 많고 적은 것에 대해서

별다른 느낌을 갖지 못하는 모양이지만, 우리가 결혼하고 나면

그제야 깨닫고 후회하게 될 거야.

나는 네가 나를 사랑하지 않게 될까 봐 두려워.

이 편지를 읽으면서 너는 화를 내겠지?

지금 난 제롬이 좀더 삶의 경험을 쌓을 때까지 기다려 달라고

부탁하는 거야. 그런 다음에 우리의 약혼이나 결혼 문제를

이야기해야 한다고 생각해. 내가 이런 말을 하는 것은 오로지

제롬을 위해서라는 것을 이해해 줘. 나로서는 제롬을 사랑하지 않게

된다는 건 상상할 수가 없어.

내가 알리사를 사랑하지 않게 된다니!

나는 서글퍼지기보다 너무나 황당해서 아벨에게

달려가 편지를 보여 주었다.

"그래, 어쩔 셈이냐?"

편지를 읽고 나서 아벨은 입술을 꼭 다문 채

머리를 흔들며 말했다.

"어쨌든 답장은 하지 않는 게 좋을 거야. 여자하고 말싸움을

해 봤자 지게 마련이니까. 우리 함께 르아브르에 다녀오자.

토요일에 내려갔다가 다음 날 저녁 열차로 돌아오면 월요일
강의 시간에 맞춰 돌아올 수 있을 거야. 내가 군대에 간 뒤로
네 친척들을 만나 뵙지 못했으니까 제대 인사차 들렀다고
핑계삼으면 되지. 무엇보다도 우리가 간다는 것을 알리지
말아야 해. 갑자기 찾아가서 네 외사촌 누이들을 놀라게 하는
거야. 변명이나 준비를 할 틈을 주지 말아야 하니까.”

정원의 사립문을 밀면서 내 가슴은 몹시 두근거렸다.

쥘리에트는 우리를 맞으러 달려나왔다.

옷을 손질하고 있던 알리사는 내려오지 않았다.

우리가 외삼촌과 아슈뷔르통과 이야기하고 있을 때에야

비로소 응접실에 내려왔다.

우리의 갑작스런 방문이 그녀의 마음을 당황하게 만든 것

같은데도 그녀는 내색하지 않았다. 알리사는 우리에게서 멀리

떨어진 창가에 앉아 수를 놓는 데에만 열중하고 있는 듯

입술까지 움직이며 바늘땀을 세고 있었다.

그러한 알리사를 지켜보는 나도 이상하게 기운이 빠져서

이야기할 기분이 아니었다.

다행스럽게도 아벨이 끊임없이 이야기를 늘어놓아

자리가 흥겨웠다. 군대 생활 이야기며,

여행 다닌 이야기며 끝이 없었다.

점심 식사가 끝난 후, 쥘리에트는 나를 따로 불러

정원으로 데리고 나갔다.

"글쎄, 그 사이 나도 청혼을 받았어."

단둘이 있게 되자, 그녀가 말했다.

"플랑티에 고모가 어제 아버지께 편지로 청혼을 전해 주신

거야. 고모 말로는 훌륭한 사람이라는데, 올 봄에

사교 모임에서 나를 몇 번 보았대나 봐."

"너도 그 사람을 알고 있니?"

나는 나도 모르게 그 청혼자에 대하여 반감이 생긴

말투로 물어 보았다.

"그래, 누군지 알아. 교양도 없고, 못생기고,

우스꽝스런 사람이야."

"그래, 그 사람과 잘 될 것 같니?"

나는 비웃는 투로 말했다.

"어머, 오빠. 농담하지 마! 오빠가 그 사람을 한 번이라도

봤다면 그런 질문은 안 할 거야."

"그래서 외삼촌은 뭐라고 대답하셨어?"

"결혼하기엔 아직 나이가 어리다고 핑계를 대셨지."

쥘리에트는 어깨를 으쓱해 보였다.

"이제 그 이야기는 그만 하자. 오빠, 언니가 편지했어?"

내가 알리사의 편지를 보여 주자, 쥘리에트는

얼굴이 빨개져서 읽었다.

"이제 오빠는 어떻게 할 거야?"

쥘리에트는 화가 난 듯 단호한 어조로 말했다.

"글쎄, 나도 모르겠어."

나는 풀이 죽은 목소리로 대답했다.

"여기 와서 보니 차라리 답장을 하는 게 나을 뻔했다는
생각이 들어. 그래서 여기 온 걸 후회하고 있어.
알리사가 무슨 생각을 하고 있는지 짐작 되니?"

"오빠를 자유롭게 해 주려는 거야."

그 순간 나는 쥘리에트가 뭔가 알고 있다는 느낌을
받았다. 쥘리에트는 갑자기 발길을 돌리면서 말했다.

"난 이제 갈래. 나하고 이야기하려고 오빠가 온 건 아니잖아.
오빠는 얼른 언니를 찾아봐."
줄리에트는 나를 남겨 두고 도망치듯 집으로 뛰어가 버렸다.
잠시 후 피아노 소리가 들려왔다. 내가 응접실로 들어갔을 때,
줄리에트는 여전히 되는대로 즉흥적인 곡을 연주하면서
아벨과 이야기하고 있었다. 나는 두 사람을 남겨 놓은 채
다시 밖으로 나왔다. 그러고는 알리사를 찾아
정원을 한참 헤매고 다녔다.
알리사는 과수원 안쪽 담 밑에서 갓 피기 시작한
국화를 꺾고 있었다.
어느 새 가을이었다.
그녀는 내가 가까이 다가가도 돌아보지 않았다.
하지만 가볍게 몸을 떠는 것으로 보아
내 발소리를 들었다는 걸 알 수 있었다.
내가 일부러 소리내어 멈춰 서자, 비로소 알리사는 일어서며
몸을 돌렸다. 그 얼굴에는 미소가 가득 차 있었다. 그래서
나는 편안한 마음으로 힘들이지 않고 말문을 열 수 있었다.
"네 편지를 보고 다시 왔어."
"그럴 줄 알았어."

알리사는 나무라는 말투를 누그러뜨리며 말을 이었다.

"내가 화를 내는 것도 바로 그 점이야. 왜 내 마음을

오해하지? 아무 일도 아니었는데…….

내가 전에도 말했지만 우린 이대로 행복하잖아?"

사실, 나도 알리사가 곁에 있기만 해도 행복했다.

"네가 그러는 게 좋다면……."

나는 짐짓 엄숙하게 말했다.

"약혼하지 않아도 좋아. 네 편지를 받았을 때, 난 우리의

행복이 사라져 버리는 것 같았어. 평생을 기다려도 좋을 만큼

너를 사랑해. 하지만 네가 나를 사랑하지 않게 된다거나

내 사랑을 의심하는 건 정말 참을 수 없어."

"오, 제롬! 나도 결단코 너의 사랑을 의심하지 않아."

알리사의 목소리는 조용하면서도 쓸쓸했다. 그러나 그녀의

환한 미소가 무척이나 아름다워서 나 자신이 부끄러웠다.

나는 밑도끝도없이 공부와 학교 기숙사 생활과

나의 계획들을 이야기했다.

사범 학교의 기숙사 규율은 몹시 까다로워서 말썽꾼

학생에게는 견디기 힘들지만 나는 오히려 생활하기 좋다고

말했다. 오히려 안정된 마음으로 공부할 수 있다고.

그리고 앞으로 일요일마다 알리사에게 편지로
내 생활을 낱낱이 알려 주겠다고 약속했다.
아벨과 내가 떠날 무렵, 알리사는 내게
농담 같기도 하고 누나의 충고 같기도 한 말을 했다.
"자, 이제부터는 그렇게 공상적인 생각은
하지 않겠다고 나와 약속해."

파리로 돌아오는 나의 마음은 매우 쓸쓸하고 초조하고
불안했다. 돌아오는 길에 아벨이 내게 물었다.
"그래, 약혼하기로 했니?"
"이제 그런 건 중요하지 않아."
나는 단호한 말투로 이렇게 덧붙여 말했다.
"이대로가 훨씬 좋아. 오늘 오후만큼 행복했던 때는 없었어."
"나도 그래!"
아벨이 갑자기 내 목을 끌어안으며 소리쳤다.
"내가 깜짝 놀랄 만한 이야기 하나 해 줄까?
제롬, 난 쥘리에트가 미칠 듯이 좋아졌어. 이제는 됐어.
내 인생도 결정이 됐어."
그는 사랑의 감정을 오페라의 한 대사를 인용하여

익살스럽게 표현했다.

"오래 전부터 난 네게 의형제 같은 애정을 느꼈어."

그는 웃고 장난치면서 팔을 벌려 나를 끌어안고는

열차 좌석 위를 어린애처럼 뒹구는 것이었다. 나는 그의

고백을 듣고 숨이 막힐 지경이었다.

"그래, 어떻게 됐어? 고백이라도 했어?"

내가 물었다.

그는 신이 나서 자기 이야기를 계속했다.

"쥘리에트가 나를 보면서 어쩔 줄 몰라 하던 것 못 봤어?

아니, 넌 아무것도 눈치채지 못했을 거야. 하긴 알리사한테만

정신이 쏠려 있었을 테니까. 쥘리에트가 어찌나 이것저것

캐묻던지! 또 얼마나 내 말을 솔깃하게 들으며 좋아했는지

몰라. 넌 어째서 쥘리에트가 독서를 좋아하지 않는다고

생각하게 되었는지 난 도무지 알 수가 없어. 알리사만 독서를

좋아한다고? 하지만 쥘리에트도 놀랄 만큼 많은 것을 알고

있었어. 독서가 아니고는 알 수 없는 그런 것들이지.

저녁 식사 전에 우리가 무엇을 하면서 놀았는지 알아?

단테의 칸초네를 둘이서 번갈아 가며 암송했는데, 내가

틀리면 그녀가 척척 고쳐 주곤 했어. 왜 그녀가 이탈리아 말을

배웠다는 걸 말해 주지 않았어?”

“나도 그건 몰랐는데?”

나는 놀라서 말했다.

“뭐라고? 칸초네를 시작할 때, 너한테서 배웠다고 하던데.”

“아마 내가 언니한테 읽어 주는 것을 들었던 모양이지.

우리 곁에서 바느질을 하거나 수를 놓고 있었으니까.”

“그랬을 거야. 알리사와 넌 자기네 사랑에만 열중해

있었을 테니까. 쥘리에트의 지성과 영혼에 대해서 제대로

판단하지 못한 거야. 나는 아주 때맞추어 나타난 거야.

쥘리에트를 위해, 그리고 나를 위해.”

그는 나를 끌어안으면서 말을 이었다.

“이것만 약속해 줘. 이 일에 대해 알리사에게는

한 마디도 않겠다고. 내 일은 내가 알아서 해낼 거야.

내년 방학을 맞으면 너와 나는 르아브르로 다시 돌아가

방학을 보내자. 그리고…….”

“그리고?”

“그리고는 알리사가 놀라 쓰러지게 약혼을 발표하는 거지.

그러면 어떻게 되는지 알아? 우리가 너를 대신해서 너희들의

결혼 문제도 상큼하게 처리해 주는 거지. 왜냐? 너희들이

결혼해야 우리도 바로 결혼할 수 있거든. 어때?"
아벨은 기차가 파리에 도착할 때까지 이야기를 계속했다.
그뿐만 아니었다. 파리역에서 내려, 밤이 깊었는데도
기어이 학교 기숙사의 내 방까지 따라 들어와
아침이 될 때까지 이야기를 펼쳐 놓았다.
학교를 졸업하면 곧 보티에 목사의 주례로 두 쌍의 결혼식이
이루어질 것이고, 넷이서 함께 여행을 떠나게 될 것이다.
그것이 아벨의 계획이자 우리의 희망이었다.
다음 날부터 우리는 다시 공부에 열중했다.

나는 일요일마다 알리사에게 긴 편지를 썼다.
알리사도 규칙적으로 답장을 보내 왔다. 그런데
알리사의 편지는 늘 담담하고 밋밋하여 속마음을 헤아릴 수
없었다. 편지는 누나가 동생을 타이르듯이 나의 공부를
격려하는 말로 채워져 있었다.
겨울 방학이 되자, 성탄절을 앞두고 아벨과 나는
르아브르로 갔다. 나는 플랑티에 이모 댁에 머물렀다.
이모는 나와 마주하자 애정어린 호기심으로
내 약혼 문제에 대해 물었다.

나는 괴로웠지만 언짢은 내색을 할 수 없었다.

"지난 봄에 저에게 약혼은 아직 이르다고 하셨잖아요."

"그랬지. 그렇지만 약혼을 오래 끄는 것은 좋지 않아.

처녀들은 지쳐 버리기도 하고, 때때로 원하지 않는 일이나,

아주 딱한 일이 생길 수도 있어."

"알리사가 약혼은 하고 싶지 않대요."

"약혼을 하지 않는다고? 그래, 그럴 수도 있지.

그것도 일리 있는 말이야."

이모는 문득 생각이 났다는 듯이 말을 이었다.

"그리고 참, 너도 알겠지만 쥘리에트한테 청혼이 들어왔단다.

너도 내일이면 보게 될 거다. 해마다 사람들을 초대해서

크리스마스 트리에 불 켜는 파티를 열었잖니. 내일 그 파티를

열 예정이거든. 그 청년을 초대했단다. 너도 그가 쥘리에트의

신랑감으로 어떤지 내게 좀 말해 주려무나."

"이모, 그 남자가 헛수고만 하는 게 아닐까요? 쥘리에트가

이미 좋아하는 사람이 있을지도 모르잖아요."

나는 아벨의 이름을 대지 않으려고 애쓰면서 말했다.

이모는 입을 뾰족 내밀면서 설마 하는 표정을 지었다.

"그럴 리가 있니? 그럼 왜 그 애가 그 동안 내게

아무 말도 하지 않았겠니?”

나는 더 이상 말하지 않으려고 입을 다물었다.

“그건 그렇고, 약혼을 하지 않으면 바로 결혼을

하게 되겠구나.”

“그런 것도 아니에요. 알리사는 기다려 달라고도

하지 않았어요.”

“그게 무슨 말이냐? 알리사도 나이가 찼잖아. 이미 동생

쥘리에트까지 혼담이 들어오는데 서둘러야지.

혹시 두 사람 사이에 무슨 문제라도 생긴 거니?”

“아니에요. 그런 건 아니에요. 우리 둘은 여전히

서로 사랑하고 있어요.”

“얘야, 좀더 분명히 말해야 알아듣지. 도대체 뭐가

어떻게 되었다는 것이냐?”

나는 알리사의 모호한 태도에 대하여

이모에게 설명할 수가 없었다.

“얘야, 내일 아침 알리사가 크리스마스 트리를 꾸미러 오기로

했단다. 그러니 어떻게 된 영문인지 내 당장 알아보마.

점심때 너에게 알려 줄게. 아무 걱정하지 마라.”

그 날 저녁 식사는 외삼촌 댁에서 했다.

며칠 동안 심하게 앓았던 탓인지 쥘리에트의 얼굴은
핼쑥했다. 그러면서도 눈빛은 날카로워 보일 만큼
쏘는 듯했다. 그토록 명랑하던 쥘리에트가
 아주 다른 사람처럼 느껴졌다.
식사가 끝날 때까지 두 자매 모두 화난 사람들처럼
뚱한 표정들로 굳어 있어 별다른 이야기를 할 수 없었다.
게다가 외삼촌도 피로해 보였다.
나는 식사가 끝나자 바로 물러나와 버렸다.
그 때는 그러한 분위기에 대해 영문을 몰랐으나, 다음 날 밤
이모 댁에서 있었던 크리스마스 트리 장식 파티에서야
모든 것을 알게 되었다.

이튿날, 알리사는 이모 댁으로 꽤 일찍 왔다. 그녀는
전나무 가지에 온갖 장식물을 매달아 꾸미는 일을 거들었다.
나는 이모가 알리사와 이야기할 수 있도록 자리를 피해
밖으로 나왔다. 불안하고 초조한 마음으로 다시 퐁그즈마르로
내려갔다. 그런데 그 곳에는 아벨이 먼저 와서 쥘리에트와
이야기하고 있었다. 나는 그들에게 방해가 될까 봐 다시
밖으로 나왔다. 그리고는 점심때가 될 때까지

부둣가의 거리를 헤매고 다녔다.

이모 댁으로 돌아오자 이모가 말했다.

"넌 어째서 그런 쓸데없는 걱정만 하고 있었니? 그 애는
제 동생보다 먼저 결혼하기 어렵기 때문이라고 대답하더라.
가엾게도 알리사는 아버지를 떠날 수가 없다는 거야.
어머니도 없이 홀로 살아가는 아버지를 자기가 곁에서 모시고
있어야 한대. 또 자기가 제롬 너한테 아내로서 적합한지
아직 자신이 없다고 하더구나. 나이도 너보다 많고.
그러면서 너한테는 쥘리에트 또래의 여자가
차라리 나을 것 같다고 이야기하더구나."

이모의 말을 듣자 그 동안 초조했던 마음이 한결 놓였다.
알리사의 사랑이 식었다거나 결혼하지 않겠다거나 하는 것이
아니라는 걸 확실히 알았기 때문이었다. 비록 나이 얘기와
함께 쥘리에트 또래의 여자가 어울릴 것이라는 소리를 하기는
했지만, 그건 늘 하는 소리로밖에 들리지 않았다.

나는 점심 식사를 마치고 아벨에게로 달려갔다. 내가 기분
좋은 소식을 알려 주자 그는 나를 껴안으며 소리쳤다.

"그것 봐, 내가 뭐랬어? 그러니까 우리는 함께 결혼식을
올리는 거야. 오늘 아침에 쥘리에트와 주로 너에 관한

이야기를 했어. 그녀와 나 사이에 서로 잘 알 수 있는 공통
이야깃거리가 너에 관한 거 말고 있어야지. 쥘리에트는
사뭇 기분이 좋았던 것 같아. 이젠 우리 둘 사이도
아주 확실해진 느낌이야."
크리스마스 트리에 불을 켜는 파티는 해가
저물어야 있을 예정이었다.
나는 아벨과 헤어지고도 시간이 많이 남아서 혼자 해변을
거닐었다. 걷다가 보니 마을에서 멀리 떨어진 해변의
낭떠러지가 있는 곳까지 걸어갔다. 그러다가 돌아오는 길을
잃는 바람에 한참을 헤매고 다녔다. 그 탓에 이모 댁으로
돌아왔을 때는 이미 축제가 한창이었다.
현관에 들어서자 알리사가 기다리고 있었는지
나를 보자 곧장 다가왔다.
그녀의 목에는 작은 자수정 십자가 목걸이가 걸려 있었다. 그
목걸이는 우리 어머니가 나에게 남겨 준 것을 내가 그녀에게
준 것이었다. 그 목걸이를 하고 있는 것을 본 것은
그 날이 처음이었다.
그녀는 매우 긴장해서는 괴로운 표정을 짓고 있었다.
"왜 이렇게 늦었어? 제롬에게 하고 싶은 말이 있었는데."

“낭떠러지 부근에서 길을 잃었어. 그런데 무슨 일이야?”

알리사는 입술을 떨고 있었다. 바로 그 때 손님들이 우르르

들어오자 알리사는 이야기를 하지 않고 그냥 돌아서서

아이들이 있는 곳으로 가 버렸다. 나는 알리사가 무슨 말을

하려고 했는지 궁금하기 짝이 없었다.

내가 응접실로 들어가려는데 누가 내 팔을 잡아당겼다.

커튼 사이에 반쯤 몸을 숨기고 있던 쥘리에트였다.

"온실로 와, 오빠! 중요한 이야기가 있어."

쥘리에트가 다급한 목소리로 말했다.

나는 아벨과의 관계를 이야기하려는 것이라고

짐작하면서 온실로 갔다.

그녀의 얼굴은 새빨갛게 달아올라 있었다.

그래서 그런지 무척이나 예뻤다.

"제롬 오빠, 언니가 무슨 이야기 안 했어?"

쥘리에트가 다그쳐 물었다.

"내가 너무 늦게 와서 이야기할 기회를 놓쳤어."

"언니는 내가 먼저 결혼하기를 바라고 있어."

"그 말은 낮에 이모한테 들었어. 이모가 오늘 아침에

알리사한테서 들었다면서 말씀해 주셨거든."

쥘리에트는 잠시 나를 뚫어지게 바라보았다.

"언니는 내가 누구와 결혼하기를 바라는지 알아?"

나는 잠자코 있었다.

"바로 오빠야. 제롬 오빠라고!"

쥘리에트는 아주 낮은 음성이었지만 단호하게

부르짖듯 말했다.

"뭐야? 그게 무슨 뚱딴지 같은 소리야?"

"그렇지?"

쥘리에트의 목소리에는 긴장과 두려움 속에도 승리한 사람이
갖는 의기양양함이 깃들어 있었다.

"누구 맘대로!"

나는 흥분했다. 내가 자기들 멋대로 주고받는 물건인가!

나는 온실에 쥘리에트를 남겨 둔 채 밖으로 나와 버렸다.

내 머리와 가슴 속에서 모든 것이 비틀거렸다.

오직 한 가지 생각만이 혼란에 빠진 나를 지탱해 주었다.

아벨을 찾자! 아마도 그는 이 두 자매의 어이없는 생각에 대해
설명해 줄 수 있을 것이다.

나는 응접실 쪽으로 들어가지 않고 숨을 돌리기 위해서
밖으로 나왔다.

정원의 차가운 공기가 내 마음을 가라앉혔다. 아이들이
크리스마스 캐럴을 합창하는 소리가 거기까지 들려왔다.

나는 한참 만에 응접실 쪽 문을 조금 밀고 안을 들여다보았다.

크리스마스 트리 앞에서 보티에 목사가 설교 비슷한 이야기를
시작하고 있었다. 문에 기대어 서서 목사의 이야기를 듣고

있는 아벨의 모습이 보였다. 나는 손을
문 안으로 뻗쳐 아벨의 소매를 잡아 밖으로 끌어냈다.
그는 밖으로 나오자마자 대뜸 나에게 소리쳤다.
"바보! 바보야, 넌!"
나는 영문을 모르겠다는 표정으로 그를 바라보았다.
"그녀가 사랑하는 건 바로 너야, 이 바보야!
나한테 그런 일을 왜 진작 말해 주지 않았니?"
그도 이미 알고 있었던 것이다. 그는 언제 알았을까?
나한테 말하기 전에 아벨에게 먼저 말했겠구나.
그러나 쥘리에트가 나를 사랑하건 말건 그건 내가
상관할 일이 아니다. 내가 사랑하는 건 알리사뿐이고,
알리사도 나를 사랑하고 있으니까.
그렇게 생각하는데도 불안했다. 쥘리에트가 알리사에게서
사랑을 양보받은 것처럼 말한 것이 마음에 걸린 것이다.
그건 말도 안 되는 일인 것이다.
아벨은 내 팔을 잡더니 미친 듯이 흔들면서 뭐라고
떠들어 댔다. 꽉 다문 이빨 사이로 새어 나오는 그의
목소리는 떨리고 숨이 찼다. 그러나 내 귀에는
그의 말이 들리지 않았다.

잠시 후, 나도 떨리는 목소리로 말했다.

"아벨, 그렇게 흥분하지 말고 무슨 일이 있었는지 말해 줘.
난 뭐가 뭔지 아무것도 모르겠어."

"너도 나도 바보야. 우리는 모두 바보였어!"
그는 숙이고 있던 머리를 들더니 울먹이며 말했다.

"이제 와서 다시 그 이야기를 한들 무슨 소용이 있겠어.
아침에 쥘리에트와 이야기할 때는 아주 쾌활했지.
내게 호감을 가지고 있는 까닭이라고 생각했는데 착각이었어.
그건 순전히 우리가 네 이야기를 하고 있었기 때문이었던
거야. 도대체 알리사는 어떤 마음으로 동생에게
너를 양보한다고 한 것일까?"
나는 알리사의 마음을 짐작할 수 있었다. 그녀는 자기가
나보다 나이가 많아서 어울리지 않는다면서 쥘리에트 정도의
처녀가 어울린다고 종종 말했었다. 더구나 쥘리에트가
자기보다 예쁘고 나도 쥘리에트를 좋아하고 있다고 생각한
까닭일 것이다. 그런데다 쥘리에트는 병까지 앓을 정도로
나를 사랑하고 있으니, 자기가 나를 사랑하는 것보다도
더욱 열렬히 사랑한다고 생각했을 것이다.
동정심 많고 갸륵하기 짝이 없는 언니가 불쌍한 여동생을

위하여 희생하겠다고 생각한 것일 터이다. 그럼에도
나는 그렇게 이해하고 싶지 않았다.
"그래, 이젠 어떡할 거야?"
"다 털어놓고 나니 기분이 홀가분해지는군. 글쎄, 난들
어쩌겠어. 너는 쥘리에트의 사랑을 받아 줄 테지?"
"나는 오직 알리사를 사랑할 따름이야! 쥘리에트가 나를
사랑하는 건 혼자만의 생각일 뿐이야. 나하고는 아무 상관도
없는 일이라구! 너는 쥘리에트의 사랑을 다시 찾도록
노력해야 할 거야."
아벨과 나는 응접실로 되돌아왔다.

손님들은 거의 다 돌아가고 집은 텅 비어 있었다.
크리스마스 트리를 중심으로 이모네 가족과 외삼촌네 가족,
그리고 보티에 목사가 빙 둘러앉아 담소를 나누고 있었다.
또 낯선 남자가 한 사람 더 있었다. 그는 키가 크고 튼튼한
체격이었지만 대머리에 우스꽝스러운 차림이었다.
그가 바로 쥘리에트에게 청혼한 남자였다.
우리가 막 들어설 때, 그는 쥘리에트에게 다가가
뺨에 입을 맞추고 있었다.

“안 돼!”

아벨이 부르짖었다. 그 때, 알리사가 나를 보고

뛰어오더니 부들부들 떨면서 말했다.

“제롬, 이럴 수는 없어. 쥘리에트는 저 사람을 사랑하지 않아.

바로 오늘 아침에도 그렇게 말했어. 제발 좀 말려 줘.”

알리사는 부르짖듯이 빠르게 말했다. 그 때, 갑자기

비명 소리가 들리고 사람들이 웅성대기 시작했다. 우리는

그 쪽으로 달려갔다. 쥘리에트가 의식을 잃은 채 이모의 팔에

안겨 있었다. 모두가 다급히 그녀를 들여다보고 있어서

내게는 그녀의 모습이 잘 보이지 않았다.

“아무것도 아니에요. 좀 흥분했나 봐요. 테시에르 씨,

좀 거들어 주시겠어요? 내 방으로 옮겨야겠어요.”

그러고는 이모가 맏아들에게 의사를 청하러 보냈다. 이모와

테시에르 씨는 쥘리에트의 어깨 밑으로 손을 넣어 그녀를

받쳐 안았다. 아벨은 쥘리에트의 머리를 두 손으로 받치고

있었고, 알리사는 동생의 두 발을 들어 껴안고 있었다.

나는 방문 앞에 멈추어 섰다.

그들은 쥘리에트를 침대 위에 눕혔다.

알리사는 동생이 안정을 취할 수 있도록 다른 사람들은

나가 달라고 말했다.

아벨이 내 팔을 잡고 밖으로 나왔다. 우리는 아무런 목표도
생각도 없이 오랫동안 어둠 속을 거닐었다. 쥘리에트가
기절한 것은 테시에르 씨의 키스 때문만이 아니라 내가
그녀의 사랑을 받아 주지 않아서였을 것이다.

알리사의 편지

알리사에 대한 사랑만이 내 삶의 유일한 이유였다.

나는 그 사랑에 매달렸으며 그녀에게서 비롯된 것이 아니면

아무것도 기대하지 않았고, 또 기대하고 싶지도 않았다.

그 다음 날 내가 그녀를 만나러 갈 준비를 하고 있는데,

이모가 나를 부르더니 금방 받은 알리사의 편지를 내밀었다.

그것은 알리사가 이모에게 쓴 것이었다.

플랑티에 고모.

쥘리에트는 의사 선생님이 처방해 준 물약을 먹고 난 뒤 아침이 되어서야

겨우 흥분이 가라앉았어요. 당분간은 제롬이 이 곳에 오지 말았으면 좋겠어요.

쥘리에트는 그의 발소리나 목소리를 알아들을 테고,

제롬이 온 줄 알면 흥분하게 될 거예요.
지금 쥘리에트에게는 절대 안정이 필요하니까요.
쥘리에트의 상태로 보아 아무래도 제가 이 곳에 머물러야겠어요.
제롬이 떠나기 전에 그를 만나지 못하게 되면
나중에 편지하겠다고 전해 주세요.

편지를 읽고 나자 화가 치밀어올랐다.

이 편지는 순전히 나의 방문만을 금지한다는 내용이었다.

내 발소리와 목소리 때문이라고? 이 얼마나 어설픈 구실인가!

"좋아요. 저는 가지 않겠습니다."

알리사를 만날 수 없다는 것은 견디기 힘든 일이었으나,

한편으로는 그녀를 만나는 것이 두렵기도 했다.

그녀가 동생의 병을 내 탓으로 생각할까 봐 두려웠다.

흥분 상태에 있는 그녀를 보느니 차라리 만나지 않고

기다리는 편이 나을 것 같았다.

그렇지만 아벨만이라도 만나고 싶었다. 그의 집에 갔을 때

하녀가 그가 남긴 쪽지를 건네주었다.

네가 염려하지 않도록 몇 마디 적는다.
쥘리에트가 사는 곳에서 머무른다는 것이 도저히 견딜 수 없었다.
어젯밤에 너와 헤어진 뒤, 사우샘프턴행 배표를 샀다. 런던에서 방학을 보낼
생각이야. 방학이 끝나면 학교에서 다시 만나자.

내가 이 세상에서 의지하고 도움을 청할 만한 사람들이
한꺼번에 사라져 버린 느낌이었다. 내 곁에서 나의 편이 되어
나를 도와 줄 사람이 아무도 없었다.
고통밖에 느낄 수 없는 이 곳에서 하루라도 더 머물 이유가
없었다. 나는 개학도 하기 전에 파리로 돌아왔다.
그 이후의 나의 삶은 신앙 생활과 알리사와의 편지
왕래로밖에 설명할 수가 없다. 나는 모든 것을 하느님께
드리고 하느님을 위한다는 마음으로 열심히 기도했다.
알리사 또한 하느님에게서 안식처를 구하리라 생각했다.
그녀가 기도를 드리고 있으리라 생각하니
나도 용기와 열의를 가지고 기도할 수 있었다.
나는 알리사와 편지를 주고받는 것 외에는 별다른 일 없이
명상과 공부의 시간을 보냈다. 나는 그녀의 편지를 모두
간직해 두었다.

이제부터 희미해진 내 추억을 그 편지들을 통해
더듬어 갈 생각이다.
알리사의 편지는 내가 르아브르를 떠나온 지 며칠 뒤, 뒤늦게
파리로 올라온 로베르 편에 부쳐 왔다.

그리운 제롬.

좀 더 일찍 편지하지 못한 걸 용서해. 가엾은 쥘리에트의 상태가

그럴 겨를을 주지 않았어. 제롬이 떠난 후 나는 쥘리에트 곁을 떠나지 못했어.

플랑티에 고모에게 이 곳 소식을 전해 달라고 부탁했는데, 그렇게 하셨겠지?

너도 알겠지만 사흘 전부터 쥘리에트의 병세가 많이 나아졌어.

나는 벌써부터 하느님께 감사드리고 있지만,

아직 마음이 놓이지는 않아.

로베르는 제 누이들의 소식을 내게 전해 주었다. 알리사나

이모에게 감히 물을 수 없던 일도 그를 통해서 알 수 있었다.

로베르는 농업 학교에 다니고 있었는데, 내키지 않았으나

알리사를 생각해서 내가 돌봐 주고 있었다.

그간 에두아르 테시에르 씨는 쥘리에트의 병세를 알아보려고

꾸준히 찾아왔으나, 로베르가 르아브르를 떠날 때까지도

쥘리에트가 끝내 만나 주지 않았다는 것이다. 그리고 내가

떠나온 뒤로 쥘리에트는 알리사 앞에서 고집스럽도록 입을

꾹 다물고 지낸다는 것이었다.

그리고 나서 얼마 후, 나는 이모를 통해 쥘리에트의

약혼 소식을 들었다.

나나 알리사 모두 성사되지 않기를 바라던 쥘리에트와

테시에르 씨의 약혼이 이루어졌다는 것이었다. 이 약혼을

오히려 쥘리에트가 더 서둘렀다는 사실도 알게 되었다.
알리사의 충고와 애원도 뿌리치고, 쥘리에트는 여전히
침묵 속에서 자신의 결심을 바꾸려 하지 않았다.
나는 아무쪼록 쥘리에트가 나의 사랑을 얻지 못한 데 대한
절망에서 온 반발심으로 결정한 행동이 아니기를
마음 속으로 빌었다.

시간이 흘러갔다. 나도 알리사에게 무슨 말을 써야 할지
몰랐지만 그녀는 실망스러운 편지만을 보내왔다.
짙은 겨울 안개가 나를 둘러싸고 있었다. 공부도, 그리고 나의
사랑과 신앙에 대한 열정조차도 가슴으로부터
어둠과 추위를 털어 내지는 못했다.
어느 봄날 아침, 느닷없이 이모가 찾아왔다. 그 무렵 이모는
르아브르에 있지 않았다. 그 사이 알리사가 이모에게 보낸
편지를 내게 전해 주었다. 그 편지 가운데 내가 궁금해하던
사연들을 밝혀 줄 수 있는 몇 부분만 여기 적는다.

사랑하는 플랑티에 고모께.

고모가 시키신 대로 테시에르 씨를 만났어요. 그리고 그분과

오랫동안 이야기를 나누었어요.

그분은 정말 나무랄 데 없는 사람이라는 걸 뒤늦게 알게 되었어요.

또 솔직히 말씀드리면 이 결혼이 처음에 제가 두려워했던 것처럼

불행해지진 않으리라는 것도 믿게 되었어요. 아셨겠지만 쥘리에트는 그분을

사랑하지 않아요. 그러나 제가 보기에 그분은 만나 볼 때마다 점점 사랑받을

가치가 있는 사람이라고 생각되는군요. 그분은 우리 사정도 잘 알고

쥘리에트의 성격도 잘 파악하고 있었어요. 그런데다 그분은 쥘리에트에

대한 자기 사랑을 굳게 믿고 있어요. 서두르지 않고 기다리면 반드시 모

든 것을 극복하고쥘리에트의 사랑을 얻을 수 있다고 확신하고 계세요.

쥘리에트를 진심으로 사랑하더군요.

제롬이 로베르를 그처럼 잘 돌봐 주는 데 대해 무어라 감사해야

좋을지 모르겠어요. 그는 일종의 책임감 때문에 그렇게 하고 있을 거예요.

왜냐하면 그의 성격과 로베르의 성격은 전혀 다르거든요.

아마도 저를 기쁘게 해 주고 싶어서 그러는 것 같아요.

고모의 따뜻한 염려가 얼마나 고마운지 몰라요.

하지만 제가 불행하다고 생각하진 마세요. 저는 오히려 그 반대인걸요.

쥘리에트를 휩쓸고 간 시련이 제 마음 속에 커다란 영향을 끼쳤기 때문이에요.

그 동안 제대로 이해하지 못한 채 되풀이해 읽던 성경 말씀을 갑자기 이해할 수 있게

되었어요. 예레미야의 '인간을 믿는 자는 불행하느니라.'는 말씀——제가 열네 살

되던 해 크리스마스 때 제롬이 보내 준 카드에 적혀 있었어요.

제롬 역시 그 당시에는 이 구절에 별다른 주의를 하지 않은 채 카드를

골랐을 거예요. 그래서 저는 날마다 하느님께로 가까워지는 데 대해 감사드리고

있어요. 이만 줄여야겠어요. 이번만은 너무 꾸중하지 말아 주세요.

조카딸 알리사 뷔콜랭 드림

나는 이 편지를 보면서 마음이 몹시 쓰라렸다.

아! 그녀가 내게 하지 않는 말들을 다른 사람에게 써 보내고

있다는 사실은 차라리 모르는 편이 좋았을 것을…….

그리고 보니 모두가 짜증나게 하는 일뿐이었다. 우리 사이의

사소한 비밀을 그처럼 아무 한테나 쉽사리 이야기하다니.

게다가 그 자연스러운 말투, 태연한 모습, 진지한 태도,

쾌활한 문장까지 모두 짜증이 났다.

나는 이러한 나의 고달픈 마음을 단짝 친구인 아벨에게만
털어놓았다. 내가 외로울 때 동정을 구하고 싶다거나,
스스로에 대한 불신과 곤란함에 빠졌을 때에도 그의 충고에서
느낄 수 있는 신뢰감 같은 것 때문에 언제나
나는 그의 도움을 바라는 것이었다.
그는 알리사의 편지를 보더니 이렇게 말했다.
"네게 보낸 편지가 아니라는 사실 외엔 화낼 이유가
아무것도 없잖아."
내가 사흘이 지나도록 그 일에 신경을 쓰자 아벨이 말했다.
"제롬, 알리사의 편지는 온통 너에 대한 생각뿐이잖아.
편지 속의 단 한 줄, 단 한 마디라도 네 마음을 울렁거리게
하지 않는 구절이 있었어? 네 이모님이 그 편지를 네게 전해
주신 것은 결국 받아야 할 주인에게 돌려주신 셈이야.
형식만 이모님을 거친 것이지 사실은 알리사가 너에게
쓴 편지였어, 그것은!"
"알리사가 그랬을 리 없어!"
"알리사의 마음은 네가 대하기 나름이야. 내 생각을 좀 들어
볼래? 이제부터 당분간은 사랑이나 결혼에 관해서 이야기하지
마. 이제 인내심을 가지고 알리사의 마음이 편안하게 안정을

되찾도록 네가 마음쓰는 일만 남았어.

앞으로 편지에는 그저 로베르 이야기만 써 보내.

그것이 알리사를 기쁘게 하는 일이야. 그렇게 되면

나머지 일은 다 잘 될 거야."

나는 결국 아벨의 생각대로 따랐다.

알리사가 전해 주는 쥘리에트의 소식은 점점 더

긍정적이고 희망적이었다.

쥘리에트는 7월에 결혼식을 올린다고 했다. 알리사는

그 편지에서, 결혼식날 아벨과 나는 공부 때문에 못 올 거라고

생각한다고 썼다. 아벨과 내가 결혼식에 참석하지 않기를

바라고 있음을 눈치채고, 우리는 시험을 핑계삼아 축하의

편지를 보내는 것으로 인사를 대신했다. 결혼식이 있은 지

약 두 주일이 지나서 다음과 같은 알리사의 편지를 받았다.

그리운 제롬.

어제는 네가 준 라신의 시집을 읽고 있었어. 거기서 놀라운 시구를 발견했지.

지난 해 너한테 받은 크리스마스 카드에 적혀 있던 시구가 거기 있었거든.

우연이었기 때문에 더욱 놀랐는지도 몰라. 나는 그것이 코르네유의

주석 시에서 뽑은 것인 줄 알았어. 솔직히 카드에서

그 구절을 읽었을 때는 별다른 감동을 느끼지 못했어.

그런데 오늘 시집을 읽다가 그 구절의 아름다움을 발견할 수 있었어.

신혼 여행 중인 두 사람에게서는 반가운 소식뿐이야. 여러 지방을 거쳐

피레네 산맥을 두 번이나 넘었대. 앞으로 열흘 동안 바르셀로나에

머물렀다가 에두아르 씨가 포도 수확 준비를 해야 하기 때문에

9월 이전에 니임으로 돌아올 작정이래.

로베르는 나흘 뒤에 이리로 올 거야.

가엾게도 그 애가 시험에 실패했다는 것은 제롬도 알고 있겠지.

제롬의 합격은 내가 새삼스럽게 축하할 필요도 없을 만큼 내게는 당연한

것으로 여겨져. 나는 그토록 제롬을 믿고 있는 거야.

제롬! 네 생각만 하면 내 가슴은 부풀어올라.

네가 전에 이야기하던 그 연구를 지금 당장 시작할 수 있니?

여기 정원은 아무것도 변한 게 없어. 하지만 집은 텅 빈 것 같아.

올해는 오지 말라고 당부한 이유를 이해할 수 있을 거야.

그러나 오랫동안 제롬을 보지 못하고 지내는 것이 얼마나 괴로운지.

이따금 나도 모르게 제롬을 찾을 때가 있어.

다시 편지를 쓰고 있어.

지금은 모두가 잠든 밤이야. 나는 열린 창 앞에서 늦도록 제롬에게

편지를 쓰고 있어. 정원은 향기로 가득 찼고 바람도 따뜻해.

우리가 어렸을 때, 어떤 아름다운 것을 보거나 들으면 바로 '감사합니다,

하느님. 이렇게 아름다운 것을 만들어 주셔서……'라고 기도했던 것 기억나니?

오늘 밤 나는 진심으로 '감사합니다, 하느님. 이렇게 아름다운

밤을 만들어 주셔서!' 하고 기도했어. 그러자 갑자기 제롬이 내 곁에

있었으면 했고, 정말로 네가 내 곁에 있다고 느껴졌어. 사무치게 그리워.

내가 알리사의 편지를 읽는 동안 느꼈을
기쁨과 사랑의 감정들을 누구든지 쉽사리 짐작할
수 있을 것이다.
알리사는 그 뒤로 계속해서 몇 통의 편지들을
보내 왔다. 그녀는 퐁그즈마르에 내가 가지

않은 것을 고마워했다.

나를 그리워하면서도 내가 그 곳에 오지 않기를

바라는 것 같았다.

아벨의 충고를 받아들여서 약혼이나 결혼 이야기는

모른 체하고 그녀가 기뻐할 수 있는 이야기만 하는 것에 대한

효과를 보고 있는 것인지도 모르겠다.

그러한 것과 관련된 내용은 모두 옮겨 적는다.

다음은 내가 여행하면서 써 보낸 편지들에 대한 답장이다.

그리운 제롬.

제롬의 편지를 읽노라면 온몸이 기쁨으로 넘쳐나는 것 같아.

오르비에토에서 보낸 편지에 답장을 하려고 하는데, 페루자와 아시시에서 보낸

편지를 동시에 받았어. 마치 나도 제롬과 함께 움브리아의 하얀 길을 걷고 있는 것

같아. 아침이면 너와 함께 길을 떠나고, 동이 트는 걸 바라보고……

정말 코프톤의 언덕 위에서 내 이름을 불렀니? 그래, 나도 들었어.

오, 제롬! 나는 너를 통해서 모든 것을 보고 느끼고 있어. 네가 한 일,

느낀 일은 바로 내가 하고 느낀 거야. 그래서 나도 아시시의 산 위에서는

몹시 갈증을 느꼈지. 그 때 프란체스코회 수도사에게

얻어 마신 한 잔의 물이 얼마나 달던지!

님의 소식도 아주 좋았어.

이제는 나도 마음껏 기뻐해도 좋다고 하느님이 허락해 주신 것 같아.

올 여름 단 한 가지 걱정은 부쩍 외로워하시는 아버지야.

아무리 가까이에서 위로해 드려도 늘 쓸쓸한 모습이시지.

아슈뷔르통은 잘 지내고 계셔.

제롬의 편지를 늘 두 분께 읽어 드리고 있어.

제롬의 편지가 올 때마다 사나흘 간은 그 이야기로 보내.

그러다 보면 또 다음 편지를 받게 되고…….

로베르는 그저께 이 곳을 떠났어. 남은 방학을 친구 집에서 보내기로 했다는데,

그 친구의 아버지가 모범 농장을 경영하신대. 거기서 농장 경영 실습을 할

생각인가 봐. 확실히 이 곳 생활은 로베르에게는 즐겁지 않은가 봐.

그래서 떠나겠다고 말했을 때 나도 말리지 않았어.

할 말이 정말 많아. 우리가 어떻게 그토록 오랫동안 침묵을

지키며 지낼 수 있었을까?

오! 이제 그 무서운 침묵의 겨울이 영원히 끝나기를!

9월 12일

피사에서 보낸 편지는 잘 받았어.

이 곳 날씨도 아주 좋아. 노르망디가 이처럼

아름다운 것도 처음인 것 같아.

그제는 발길 닿는 대로 한참 동안 벌판을 거닐었어. 태양과 기쁨에 흠뻑

취한 탓인지 돌아왔을 때도 피곤하기보다는 흥분된 상태였어. 타는 듯한

태양 아래 쌓여 있는 짚더미들이 얼마나 아름다웠는지!

구태여 내가 이탈리아에 있다고 생각하지 않아도 모든 것이

아름다워 보였어.

그래, 네 말처럼 대자연이 들려주는 은은한 찬미의 노래,

그것을 듣고 깨닫는 것은 그대로 기쁨의 세계로 초대받는 거야.

그 외에 대부분의 시간을 독서로 채우고 있어.

네가 화를 낼지도 모르지만, 지난 여름 우리가 함께 읽었던 키츠의 시 네 편과

바꿀 수 있다면 셸리와 바이런의 작품 전부를 주어도 아깝지 않을 것 같아.

마찬가지로 보들레르의 소네트 몇 편과 위고의

작품 전부를 바꿀 수도 있을 것 같아. 위대한 시인이라는

칭호는 아무런 의미도 없어.

제롬, 여행을 줄여서 앞당겨 돌아오려고 하지는 마.

아직은 만나지 않는 편이 더 좋을 것 같아. 나를 믿어 줘.

제롬이 내 곁에 있다 하더라도 지금보다 더 제롬을 생각할 수는 없어.

제롬을 괴롭히려는 게 아니야.

만약 제롬이 오늘 저녁에라도 온다면 나는 아마 달아날 거야.

다만 내가 언제나 너를 생각하고, 또 이대로가 행복할 뿐이야.

이 마지막 편지를 받은 지 얼마 안 되어서 나는 이탈리아에서
돌아왔고, 곧 군대에 징집되어 낭시로 이송되었다.
그 곳에는 아는 사람이 하나도 없었으나 나는 혼자 있게
된 것이 오히려 다행스러웠다. 그것은 알리사의 편지와
그녀와의 추억만이 나의 유일한 안식처임을 분명하게 느낄 수
있었기 때문이었다.
사실 나는 엄격한 군대의 규율도 잘 견디어 냈다. 나는 모든

일에 마음을 단단히 먹었고, 알리사에게 쓰는 편지에도

함께 있지 못함을 섭섭하게 여긴다는 말밖에 쓰지 않았다.

그리하여 우리는 그렇게 오래 헤어져 있는 중에도

우리들의 용기에 어울리는 시련을 찾아 내기까지 했다.

우리가 헤어진 지 거의 1년이 지났다.

알리사는 그런 사실에 대해 신경 쓰지 않는 것 같았다.

단지 이제부터가 기다림의 시작인 듯한 태도였다.

그런 그녀의 태도에 섭섭해하는 내게 그녀는

다음과 같은 답장을 보내 왔다.

제롬.

이탈리아에서도 우리는 함께 지내지 않았니?

나는 하루도 제롬 곁을 떠나지 않았는데 그것도 모르다니!

지금 잠시 제롬과 같이 있지 못하는 것을 이해해 줘.

정말이지 나는 군인이 된 네 모습을 상상해 보려고 애써 보지만

아무래도 잘 안 돼. 그저 저녁이면 조그마한 방에서 글을 쓰고 있거나

책을 읽고 있는 제롬을 상상해 볼 따름이야. 그런데 그것마저도 까마득해.

1년 후에 퐁그즈마르나 르아브르에서 제롬을 다시 만나게 될 것 같아.

정원의 낮은 흙담을 바람막이 삼아 그 아래 국화가 피었어.

그 흙담 위를 쥘리에트와 제롬은 마치 천국을 향해 곧장 걸어가는

회교도처럼 걸어다녔지? 하지만 난 몇 걸음 내딛기만 하면 현기증이 났고,

그 때마다 제롬이 담 밑에서 소리쳤지.

'발 밑을 보지 말래도! 앞을 봐! 그대로 걸어! 목표를 정하고!'

그러다가 마침내는 흙담 저쪽 끝으로 기어 올라와서 나를 기다려 주었지.

그러면 난 더 이상 떨리지 않았어. 현기증도 사라져 버렸고.

단지 제롬을 바라보고 제롬의 활짝 벌린 팔 안으로 달려들곤 했지.

너에 대한 믿음이 없다면 나는 어떻게 될까?

제롬이 강하다고 나는 늘 느끼고 싶어.

난 제롬에게 의지해야 되니까. 약해지지 마.

**나는 결국 며칠 동안의 휴가를 파리의 아슈뷔르통
곁에서 보내기로 약속했다.
그리고 2월 중순쯤 다음과 같은 편지를 받았다.**

그저께 파리의 한 서점에 들어갔다가 진열대에서

아벨의 저서를 발견했어. 전에 네가 말해 주었던 바로 그 책이었지.

네 친구 아벨이 쓴 책이라니 믿을 수가 없었어.

그런데 책 제목이 『교태』라니!

책 이름을 차마 입에 올릴 수가 없어서 점원에게 그 책을 달라고

할 수가 없더라니까. 그래서 다른 아무 책이나 사 들고 서점을

나와 버릴까 하다가 마침 카운터 옆에 그 책을 한 무더기 쌓아 놓고 있어서

한 권을 얼른 집어 들고는 말없이 책값을 치렀단다.

책장 넘기기가 얼마나 부끄러운지……

결국 나는 그 책에서 야비함보다도 어리석음을 더 많이 발견했어.

차마 너의 친구요, 내가 존경하는 보티에 목사님의 아들 아벨 보티에가 이

책을 썼다는 사실이 믿어지지 않았어.

『르탕』지의 평론가가 도대체 무엇을 두고 아벨에게서 그 위대한 재능을

발견했는지 알아보려고 한 장 한 장 넘겨 보았지만 헛수고였어.

이 곳 소도시 르아브르에서는 아벨의 이름이 곧잘 화제에 오르는가 봐.

처음에는 슬퍼하던 목사님도 주위 사람들 모두가 칭찬을 하니까

정말 무슨 자랑거리라도 있지 않나 생각하게 되시나 봐.

"아드님이 그렇게 성공을 했으니 기쁘시겠습니다, 목사님."

고모께서 이렇게 말하자, 목사님은 좀 당황해하면서 대답하셨어.

"뭘요, 아직 그렇게까지 생각하진 않습니다."

그래서 모두들 웃게 되었단다.

아벨의 작품을 어떤 극장에서 상연하려고 준비하고 있다는 말도 들었어.

이게 바로 그가 바라던 성공일까?

어제 『마음의 위안』이란 책에서 이런 구절을 읽었어.

'참되고 영원한 영광을 진실로 바라는 자는 한때의 영광에

마음을 두지 않으리라.'

그러고는 '하느님, 참으로 거룩한 영광을 위해 제롬을 선택해 주셔서

감사합니다.' 하고 기도를 드렸단다.

단조롭게 반복되는 군대 생활 속에서 몇 주일,

그리고 몇 달이 흘러갔다.

그러나 늘 행복했던 추억이나 벅찬 희망만을 생각하고
있어서였는지 시간이 느리다거나 지루하다는 것을
거의 느끼지 못했다.
외삼촌과 알리사는 6월에 마침 해산이 가까워진 쥘리에트를
만나러 님 근처로 가게 되었다. 그런데 쥘리에트의 몸이 좋지

않다는 소식이 있어서 외삼촌과 알리사는 서둘러 님으로
떠났다. 그들이 님으로 떠나기 직전에 내가 르아브르로
보낸 편지에 대한 답장이 왔다.

르아브르로 보낸 네 편지는 그 곳을 떠난 뒤에 도착했어.

덕분에 여드레나 지나서야 이 곳에서 받았단다.

아, 제롬. 너의 소식이 없는 한 주일 내내 나는 어딘가 허전하고

불안하고 위축된 마음으로 지냈어. 제롬이 있어야만 비로소

진정한 나일 수가 있다는 걸 다시금 느꼈어.

쥘리에트는 다시 건강해졌어.

오늘일까, 내일일까 하고 아기가 태어나기를 기다리는 중이야.

별다른 걱정은 없을 것 같아.

오늘 아침 내가 제롬에게 편지를 쓴다는 걸 쥘리에트도 알고 있어.

우리가 에그비브에 도착한 다음 날 쥘리에트가 이렇게 물었어.

"제롬은 어떻게 지내? 여전히 편지해?"

그래서 속일 수가 없어서 사실대로 말해 줬더니

부드럽게 웃으면서 이렇게 말했어.

"이번에 편지할 땐 다 나았다고 전해 줘."

언제나 쾌활하고 명랑한 쥘리에트의 편지를 받으면서

혹시 그 애가 행복한 체하는 게 아닐까 하고 걱정했었어.

그런데 여기 와서 보니까 그 애의 말이 진실이라는 것을 확인할 수 있었어.

그리고 행복이라는 것에 대해 새롭게 생각하게 됐지.

사람들이 행복이라고 부르는 것은 영혼과 어쩌면

이다지도 밀접한 것인가! 행복을 외적으로 형성하는 듯한

요소는 어쩌면 이렇게도 부실없는 것일까!

혼자 벌판을 거닐면서 했던 많은 생각들을 제롬에게 다 말할 수는 없지만,

다만 한 가지 말할 수 있는 것은 행복은 혼자서 느끼거나 만들 수 없다는 거야.

쥘리에트가 행복한 것은 정말 다행한 일인데 어째서 내 마음은

이리도 우울해지는 것일까?

이 곳의 아름다운 풍경마저도 내게 알 수 없는 슬픔을 더해 줄 뿐이야.

네가 이탈리아에서 편지해 주던 무렵에는 나는 너를 통해 모든 것을

볼 수 있었어. 그런데 지금은 제롬과 함께 누려야 할 것을 혼자서 차지하고 있는

것만 같은 생각이 들어.

이 곳에 온 뒤로는 거의 기도도 드리지 못했어. 이제 더 이상 하느님께서

그 자리에 계시지 않으리라는 어린아이 같은 생각만 들어.

안녕, 잘 있어. 펜을 놓아야겠어.

써 놓고 보니 우체부가 오늘 저녁에 가져가지 않으면

찢어 버리게 될 것 같아.

이런 이야기를 써 보낸다는 것이 부끄러워서 보내야 할지

말아야 할지 망설여져.

그 뒤에 온 편지는 쥘리에트가 출산했다는 것과

그녀가 조카딸의 대모가 될 것이라는 것, 쥘리에트와

외삼촌이 기뻐한다는 이야기뿐이었다. 자신의 생활이나

마음에 대해서는 아무런 말도 하지 않았다.

그리고 얼마 후, 퐁그즈마르에서 부친 편지들이 오기

시작했다. 쥘리에트 부부도 7월에 아기를 안고

그 곳에 왔다고 전해 왔다.

제롬.

에두아르 씨와 쥘리에트는 오늘 아침에 떠났어.

그 무엇보다도 아기가 떠나서 무척 서운해. 여섯 달 뒤에

다시 만나면 알아보지 못할 만큼 자라 있겠지.

태어나고 자란다는 것은 언제나 신비롭고 놀라운 거야.

우리가 평소에 주의만 기울이면 놀라운 일을 더 많이 보게 될 거야.

희망에 가득 찬 그 잠든 모습을 바라보면서 나는 얼마나 많은 시간을

보냈는지 몰라. 쥘리에트는 무척 행복해 보여.

처음엔 그 애가 피아노와 독서를 그만둔 것을 보고 서글펐어.

에두아르 씨는 음악이나 독서에는 별로 취미가 없거든.

확실히 남편과 함께 하지 못하는 즐거움을 포기한 건 쥘리에트가 현명한

결정을 내린 것이라는 생각이 들어.

그 대신 쥘리에트는 남편이 하는 일에 관심을 갖고, 남편도 자기가 하는

모든 사업을 그 애에게 가르쳐 주고 있어.

올해엔 사업도 꽤 번창하고 있는 모양이야. 결혼을 해서

르아브르에 고객이 많이 생긴 덕택이라고 말하더구나.

요전에 에두아르 씨가 사업 관계로 여행을 떠날 때

로베르도 따라갔어. 에두아르 씨는 여러 가지로 로베르를 잘

보살펴 주고 있어. 또 로베르의 성격을 잘 파악하고 있다고 하면서

로베르도 장차 자신이 하는 사업에 취미를 갖게 될 거라고 했어.

아버지는 훨씬 좋아지셨어.

딸이 행복해진 걸 보니 젊어지시는 모양이야.

농장과 정원 일에 다시 흥미를 느끼게 되셨어.

그리고 나더러 큰 소리로 책을 읽어 달라곤 하시지.

소리 높여 책을 읽는 것은 아슈뷔르통과 함께 시작했던

일인데, 쥘리에트 부부가 와서 잠시 중단했었어.

아버지는 그 독서를 다시 하자고 말씀하셔.

그래서 지금 두 분에게 휴브너 남작의 여행기를 읽어 드리고 있어.

이 책은 나에게도 꽤 재미있어.

이제는 독서하는 시간을 더 많이 가질 거야. 다만 네가

좋은 책을 좀 알려 주었으면 해. 오늘 아침에도 한 권, 한 권씩 몇 권의

책을 끄집어 내서 보았지만 내 마음을 끄는 책은 없었어.

이 무렵부터 알리사의 편지는 차츰 절박한
감정을 드러내고 있었다.

제롬.

아직 우리가 만나려면 두 달이나 남았는데, 왜 이렇게 지루하고

초초하게 기다려질까? 두 달이라는 시간이 지금까지

지내 온 것보다 더 긴 것 같아.

기다리는 마음을 잊어 보려고 온갖 노력을 해 보지만 별 효과가 없어.

독서에 집중할 수도 없어.

책에서도 아무런 매력을 느낄 수가 없어.

힘든 군사 훈련으로 하루가 어떻게 지나가는지 모르게 보내고,

저녁이 되면 모든 걸 잊고 잠에 빠져 버리게 된다는 제롬의 생활이

부러워. 요 며칠 밤 동안 기상 나팔 소리가

들리는 듯해서 그 소리에 벌떡 뛰어 일어나곤 했어.

부대가 주둔하고 있다는 말베빌 고지,

눈부신 광명을 보여 준다는 새벽은 얼마나 아름다울까?

얼마 전부터 몸이 좀 불편했어. 대수로운 건 아니야.

단지 제롬을 지나치게 기다리는 탓이라고 생각해.

그로부터 6주 뒤에 다음과 같은 편지가 왔다.

제롬.

이것이 마지막 편지야.

네가 돌아올 날짜가 아직 정해지지 않았더라도

예정보다 많이 늦어지는 것은 아니겠지?

너를 퐁그스마르에서 만나고 싶었지만, 날씨가 추워지니까

아버지는 자꾸 시내로 돌아가자고 하셔. 지금은 쥘리에트도

로베르도 없으니 네가 이 곳에 오면 얼마든지 머무를 수 있지만,

그렇더라도 역시

플랑티에 고모 댁에 머무르는 편이 좋을 것 같아.

고모도 그렇게 하길 바라실 테고.

제롬이 돌아오기를 그처럼 기다렸는데 막상 제롬이 돌아온다니

점점 불안하고 초조해.

그러나 이젠 그것을 생각지 않으려고 애쓰고 있어.

네가 누르는 초인종 소리, 계단을 올라오는 발소리를

상상만 해도 내 심장은 터질 것만 같아.

나흘 뒤에, 그러니까 내가 제대하기 일 주일 전에 알리사에게서 짧은 편지 한 통을 받았다.

제롬.

오랫동안 르아브르에 머물며 첫 재회의 시간을

지루한 것으로 만들지 않기로 했다는 네 생각에 찬성이야.

지금까지 서로 편지에 쓴 것 외에 또 무슨 할 말이 있겠니?

그러니 학교 등록 때문에 28일까지

돌아가야 한다면 조금도 주저하지 말고 가.

이틀밖에 함께 있지 못한다고 섭섭하게 생각하지도 마.

우리 앞에는 한평생이 남아 있잖아.

이해하기 힘든 이별

제대한 뒤, 우리가 처음 만난 곳은 플랑티에 이모 댁이었다.

그 무렵 알리사도 이모 댁에서 지내고 있었다.

군 생활 탓인지 그녀를 대하는 나의 태도는

자연스럽지 않았다.

처음에는 그녀를 똑바로 쳐다보지도 못했다. 그런데 정작

우리를 어색하게 만든 것은, 우리 둘만 남겨 두고

모두 자리를 피해 주려는 사람들의 배려였다.

"고모, 그냥 계셔도 상관 없어요. 우리끼리만 해야 할

비밀 이야기 같은 건 아무것도 없어요."

알리사는 이모가 자리를 피하려고 하자 서둘러 말렸다.

그녀도 우리끼리만 있게 되는 것이 몹시
부담스럽고 어색한 모양이었다.
"아냐, 그렇지 않아. 오랫동안 헤어져 있었기
때문에 정말 할 말이 많을 거야. 마음놓고
이야기를 나누도록 해."

이모는 눈을 찡긋 하면서 나에게 미소를 지었다.

"정말이에요, 고모. 나가시면 오히려 어색해서 이야기를
나눌 수가 없을 거예요."

알리사는 화가 난 것처럼 단호하게 말했다.

"그래요, 이모가 나가시면 오히려 저희가 쑥스러워져요."

나도 웃으면서, 그러나 단둘이 남게 되는 것에 일종의
두려움을 갖고 말했다.

그리하여 우리 세 사람은 일부러 즐거운 척, 불안한 마음을
숨긴 채 생기 있는 표정으로 이야기를 이어나갔다.

외삼촌이 초대를 해 주어서 우리는 다음 날 다시 만나기로
되어 있었다. 그래서 우리는 첫날의 이 희극을
아무 결말 없이 맺고 헤어졌다.

나는 식사 시간 전에 퐁그즈마르의 외삼촌 댁에 갔다.

외삼촌도 이제는 많이 늙었다. 외삼촌은 내 이야기를 잘
알아듣지 못하실 정도로 귀가 어두워져 있었다. 그래서 나는
고함을 지르듯이 말해야 했다. 그 때문에 이야기가
자연스럽지 못하고 뒤죽박죽이 되어 버렸다.

점심 식사를 마치자 플랑티에 이모가 약속대로
마차를 가지고 우리를 데리러 왔다.

이모는 우리를 오르세까지 태워다 주셨고,

거기서 내려서 걸어오라고 했다.

"이 길은 주변이 아름다워서 연인끼리 데이트하기에는 아주

안성맞춤이라구. 그러니까 천천히 이야기하면서 오도록 해라.

나는 다른 곳에서 볼 일을 보고 집으로 들어갈 거야.

가는 도중에 네거리에서 다시 만나도록 하자. 내가 먼저

도착하면 거기서 마차를 세워 놓고 기다릴 테니까."

마차를 보내고 우리는 길을 따라 걸었다. 주변의 풍경은

아름다웠지만 날씨 탓인지 나는 두통을 느꼈다.

우리는 마치 화가 난 사람들처럼, 또는 바쁜 일이 있는

사람들처럼 빠른 걸음으로 걸었다.

우리가 너무 서둘러 걸었기 때문에 다른 길을 거쳐서 아주

천천히 마차를 몰고 온 이모보다 먼저 네거리에 도착했다.

마차 안에서도 이모는 우리를 위해 이것저것 배려해 주었다.

그런데 이모의 이러한 친절은 오히려 우리를 더 견디기

힘들게 했다.

이모는 우리가 많은 이야기를 했으리라 믿고, 약혼 문제에

대해서 이것저것 캐물었다. 알리사는 견디다 못해 눈물까지

글썽거리며 두통이 난다면서 대답하지 않았다.

결국 돌아오는 마차 안은 어색한 침묵이 흘렀다.

이튿날은 알리사와 함께 외삼촌을 뵙기로 했다.

그런데 알리사는 이모의 손녀인 마들렌을 데리고 나섰다.

평소에도 알리사는 곧잘 그 어린 조카딸과 이야기하기를

좋아했다. 그래서 알리사와 단둘이 있을 기회가 없었다.

하지만 마들렌 덕분에 오히려 우리 두 사람만 있을 때 느꼈던

어색한 분위기를 피할 수 있었다.

외삼촌 댁에서 돌아오면서 알리사에게 작별 인사를 했다.

하지만 그녀는 그것이 무슨 뜻인지 모르는 눈치였다.

그저 저녁 작별 인사쯤으로 생각한 듯했다. 이틀밖에 머물 수

없다는 사실을 잊고 있었는지도 모를 일이었다.

어쩌면 알았다고 해도 이젠 제대를 했으므로 언제든지

다시 만날 수 있을 것이라고 생각했기 때문인지도 모른다.

파리로 돌아와서 나는 곧 다음과 같은 편지를 받았다.

제롬.

정말 서글픈 만남이었지?

너는 그 잘못을 다른 사람들 때문이라고 생각하고 싶겠지만

실은 우리에게 잘못이 있음을 제롬도 잘 알고 있을 거야.

정말 이제는 우리 다시 만나지 말자.

서로 할 이야기가 그토록 많은데도 우리는 아무 말도 하지 못했어.

왜 그랬는지는 나도 제롬도 잘 알고 있는 일이야.

오르세에서의 우울했던 산책은 나에게도 괴로움이었어.

그 다음 날, 그러니까 어제였지,

나는 오전 내내 미친 듯이 제롬을 기다렸어.

보지 않으면 이토록 그리운데 만나면 내 영혼의 문이 닫혀서 열리지 않아.

우리 두 사람이 주고받은 편지는 어쩌면 커다란 신기루에 불과한

것인지도 모른다는 생각이, 나나 제롬이나 오직 자기 자신에게

편지를 썼을 뿐이라는 느낌이 무섭게 들었어.

나는 이 편지를 찢었다가 다시 쓰고 있어.

우리는 언제나 멀리 떨어져 있었다는 생각이 내 마음을

슬프게 하는구나. 내가 제롬을 만나서 따스하게 대하지 못한 것은

너를 예전만큼 사랑하지 않기 때문이 아니야.

오히려 내가 얼마나 너를 사랑하고 있는지 깨달았어.

하지만 거기에는 절망감이 섞여 있었어.

나는 너와 멀리 떨어져 있을 때 더욱 너를 사랑했다는 것을 정직하게

고백하지 않을 수 없어. 실은 전부터 내가 그런 것은 아닌지 걱정했는데,

그토록 보고 싶어하던 너를 다시 만남으로써 분명히 알게 된 거야.

이것은 너도 똑바로 알지 않으면 안 되는 중요한 일이야.

무척이나 사랑하는 제롬, 잘 있어!

아무쪼록 하느님이 언제나 너를 지켜 주시고 인도해 주시기를.

내가 이 편지를 아벨에게 보여 주지나 않을까 하는
염려에서 몇 줄을 덧붙였음에 틀림없다. 전에 내가
한 이야기 중에서 아벨의 조언을 눈치챈 것일까?
제대를 한 무렵부터 나는 아벨과의 사이에 커다란 거리가
있음을 느꼈다. 우리는 서로 다른 두 길을 가고 있었다.
그러니 쓰라린 슬픔의 짐을 나 혼자만 지고 가라고 조언하는
것이라면, 이 조언은 아무 필요도 없었던 것이다.
그 후로 사흘 동안 나는 알리사에게 답장을 할 것인가
말 것인가 고통 속에서 지냈다.
알리사에게 답장을 하고 싶었다. 그러나 내가 한 말이 공연히
우리 서로에게 감당할 수 없는 상처를 주게 될까 두려웠다.
나는 몸부림치듯 쓴 편지를 몇 번이나 썼다가 지우곤 했다.
마침내 보내기로 마음먹은 편지의 사본을 남겨 두었다.
그것을 지금 읽어도 눈물이 흐른다.

알리사! 나를, 우리 둘을 불쌍히 여겨 줘!

알리사의 편지를 읽어 내는 것은 지독한 고통이야.

그래, 나도 알리사가 써 보낸 모든 것들을 느끼고 있었어.

하지만 그렇게 생각하는 것이 두려웠어.

난 오로지 알리사를 사랑할 뿐이야.

그 이상 더 무슨 말을 해야 할지 모르겠어.

알리사.

우리의 사랑을 깊게 해 주었던 편지에 대해 넌 그토록

가혹한 비난을 했고, 나는 그 때문에 큰 상처를 입었어. 그러니 앞으로 우

리 편지하지 말자. 지난번 편지와 비슷한 또 다른 편지를 받아 보면서

고통을 견디어 내기에는 내가 너무 지쳤어.

덧붙이는 말 : 우리 다시 한 번 만났으면 좋겠어.

이번에 만나면 네가 잘못 판단하고 있다는 것을 반드시 밝혀 주겠어.

그 편지를 부치고는 다시 만날 때까지

아무 말 없이 지내리라 다짐했다.

나는 돌아오는 봄 부활절 휴가 동안 퐁그즈마르로 찾아가리라

결심했다. 그리고 알리사가 돌아가 주었으면 하는 눈치를

보일 때까지 퐁그즈마르에 머무르고 싶었다.

그렇게 다짐하고 편지를 부치자 공부에 열중할 수 있었다.

그런데 만남의 기회는 뜻밖에도 빨리 찾아왔다.

그 해 겨울, 크리스마스를 앞두고 아슈뷔르통이

세상을 떠났기 때문이다.

아슈뷔르통은 내가 제대한 후, 나와 함께 파리에서 지냈다.

그녀는 너무 늙고 병약한 상태여서 내가 가까이 모시고

돌봐 주지 않으면 안 될 처지였기 때문이다.

알리사는 아슈뷔르통의 장례식에 외삼촌 대신 참석했다.

외삼촌도 그 무렵 몸이 몹시 쇠약해지셔서 먼 길을

나들이하기 어려운 상태였다.

장례식에서도 그리고 관을 뒤따를 때도 알리사와

나 둘뿐이었다. 우리는 나란히 걸으면서 다시 만날 약속을

했다.그녀의 다정한 눈길을 느끼는 순간 나는 기쁨으로

들뜨기까지 했다. 헤어질 무렵 그녀가 말했다.

"부활절이 되기 전까지는 아무 말도 하지 말자."

"그래, 그렇지만 부활절에는 다시 만나자."

"그럼 기다릴게."

우리는 묘지 입구에 서 있었다.

내가 역까지 바래다주겠다고 했지만, 그녀는 지나가는 마차를

세우더니 잘 있으라는 말 한 마디 없이 떠나 버렸다.

작별의 신호

지난 4월 말경 퐁그즈마르로 갔다.

"알리사가 정원에서 기다리고 있네."

외삼촌은 아버지처럼 내게 키스를 하며 말했다.

나는 알리사가 맞아 주지 않아서 서운했다.

알리사는 정원 안쪽에 있었다.

라일락이 활짝 피어 향기를 내뿜고 있었다.

나는 천천히 걸어서 다가갔다. 그녀의 등 뒤에까지

다가갔으나 그녀는 알아차리지 못했다.

나는 걸음을 멈추었다. 시간마저 멈춰 버린 것 같았다.

그녀는 수틀을 무릎에 세워 놓고 수를 놓고 있었다.

이 순간은 숨막히는 행복 그 자체였다.

나는 한 걸음 앞으로 다가섰다. 다음 순간,

그녀가 벌떡 일어서며 돌아보았다.

수틀이 땅에 떨어졌지만, 그녀는 그것을 전혀 느끼지

못하는지 아랑곳하지 않고 두 팔을 뻗어 내 어깨 위에 얹었다.

우리는 잠시 그대로 서 있었다. 모든 말이 필요 없었다.

그녀가 미리 마중 나오지 않아 서운했던 생각은 언제 어떻게

증발해 버렸는지 알 수 없었다.

나는 지나칠 정도로 엄숙한 그녀의 얼굴에서 앳된

그 미소를 다시 보았다.

"알리사! 방학은 앞으로 열이틀뿐이야. 하지만 네가 원하지

않는다면 그 날로 바로 이 곳을 떠나겠어."

미리 준비한 말도 아닌데 오히려 쉽게 이야기가 풀려 나왔다.

"그러니까 내가 떠나기를 원한다면 언제든지 말해 줘. 직접

말하기 어려우면 내가 눈치챌 수 있는 무슨 신호를 정해 줘.

그러면 아무 말 없이 떠날 테니까."

그녀는 잠시 생각하는 듯하더니 자수정 십자가 목걸이를 하지

않은 채 저녁 식탁에 나와 앉는 것을 신호로 삼자고 했다.

"십자가 목걸이가 알리사의 목에서 보이지 않으면

나의 마지막 저녁이 된단 말이지?”

“떠날 때는 눈물도 한숨도

없이 떠나야 해.”

“그래. 작별 인사도 없이, 아무

일도 없었던 것처럼 떠날 거야.”

우리는 함께 지내는 동안 정원을

가꾸는 데 재미를 붙였다.

얼마 전에 정원사가 바뀌는

바람에 잘 돌보지 않은 정원은

할 일이 많았다.

그러는 동안 우리는 차츰 다시

서로에게 익숙해졌다.

우리가 그 동안 헤어져 있었다는

기억조차 어느 새 사라졌다.

나는 매일 저녁 그녀의 목 위에서

자수정 십자가 목걸이가 반짝이는

것을 보았다.

내 마음 속에서는 다시 희망이 싹텄다.

알리사는 지난 가을의 쓸쓸했던

모습을 생각해 보면 전혀 다른 사람처럼 아름다웠다.

그러던 어느 날 아침, 내가 말했다.

"알리사, 이제는 쥘리에트도 행복하게 되었잖아.

그러니까……."

그러자 그녀는 내가 무슨 말을 하려는지 아는 것처럼

갑자기 안색이 하얘지면서 내 말을 잘랐다.

"제롬, 제롬이 곁에 있으면 더할 나위 없이 행복해. 하지만

우리는 행복만을 위해 이 세상에 태어난 게 아니야."

"아니, 행복해질 수 없다면 무엇을 위하여 산다는 거야?"

나는 화가 난 사람처럼 소리쳤다.

"거룩하고 순결한 영혼을 위하여……."

그녀는 고개를 숙인 채 대답했다.

그 목소리가 너무나 작고 가냘파서 분명하게 알아듣지

못했다. 그러나 그렇게 말했다고 생각했다.

"알리사가 없다면 나는 그렇게 될 수가 없어."

나는 그녀의 무릎에 얼굴을 묻은 채 울면서 말했다.

그 날 저녁, 알리사는 자수정 십자가 목걸이를

걸지 않고 식탁에 나타났다.

이튿날 나는 약속대로 새벽녘에 그 곳을 떠났다.

그 다음 날, 나는 다음과 같은 편지를 받았다.
아마 내가 퐁그즈마르를 떠난 그 날 저녁에
쓴 편지인 모양이었다.

제롬.
나도 모르게 아침 내내 제롬을 찾았단다.
네가 떠났다는 걸 도저히 믿을 수가 없었어.
약속을 지킨 제롬이 원망스럽기도 했고, 어쩌면 네가
장난을 하고 있는 것이라는 생각도 들었어. 그래서 덩굴마다
너를 찾아 기웃거리며 살펴보기도 했어.
하지만 너는 정말 떠나 버렸어.
그래도 약속을 지켜 주어서 고마워. 이건 진심이야.
나는 너와 영원히 함께 있고 싶지만, 그래서는 안 되는 거잖아.
나는 내 자신을 스스로 절제할 용기도 능력도 없기 때문에
제롬의 인격에 의지해 그것이 실천되는 것이거든.
우리의 순결한 사랑을 위하여, 하느님이 원하는 아름다운
덕성을 갖춘 영혼을 위하여, 그 약속은 지켜야 하는 것이었으니까.

순결한 영혼과 하느님의 덕성이라는 말에 나는 그만
속수무책이었다.
하지만 내가 좀더 높은 덕성을 가지려고 한 것은

단지 알리사만을 위해서였다.

나는 그녀에게 긴 답장을 썼다. 하지만 어떤 말을

썼었는지 기억나지 않는다.

단지 한 구절만을 기억하고 있을 뿐이다.

알리사를 향한 사랑만이 나의 모든 품성 가운데 가장

훌륭한 거라고 생각해. 나의 모든 덕성은 그 사랑에 달려 있어.

그래서 내 영혼이 순결해지고 높은 덕성을 갖는 것은

오로지 사랑이 결정할 뿐이야.

알리사에게서 다시 아주 짤막한 답장이 왔다.

제롬.

성스럽게 된다는 것은 선택이 아니라 의무야.

그뿐이었다.

우리가 편지를 주고받는 것은 이것으로 끝났다고 생각했다.

아무리 설득해도 그녀의 마음을 돌릴 수 없다는 걸 깨달았다.

그렇지만 나는 또다시 사랑이 넘치는 긴 편지를 보냈다.

내가 세 번째 편지를 부치고 난 뒤에야 그녀에게서

답장이 왔다.

제롬.

나는 제롬이 생각하듯이 편지를 쓰지 않기로 결심한 게 아니야.

그저 내키지 않을 뿐이지.

네 편지는 여전히 반가워. 그러나 제롬이 이토록 나를 생각하도록

만든 것은 내가 아직도 정결하지 못한 탓이라고 반성하면서 수양하는 중이야.

그래서 당분간은 편지를 쓰지 않기로 맘먹고 있을 뿐.

그 대신 9월 말경 퐁그즈마르로 와 주지 않겠니?

그 때 두 주일쯤 나와 함께 지내지 않겠니?

찬성이라면 답장하지 말기. 그러면 승낙하는 것으로 알겠어.

아무쪼록 답장이 없기를.

나는 답장을 쓰지 않았다. 몇 달 동안의 침묵, 그것은

시련이었다. 그 몇 달을 나는 여행과 공부로 채워 나갔다.

나는 안정된 마음으로 퐁그즈마르를 찾았다.

그 때의 일들을 한 마디로 적는다면 그냥 ‘절망’으로

기록할 수 있을 것이다.

이래도 알리사를 사랑해야 하는가?

알리사를 비난하려는 게 아니다. 단지 지난날의 알리사의

모습을 찾을 길이 없어 절망할 뿐이다. 내가 지금 느끼는

불행의 원인이 구체적으로 무엇인지 꼭 집어 말할 수가 없다.

도대체 나는 무엇을 한탄하고 있었던 것인가!

알리사는 전에 없이 상냥하게 나를 대해 주었다. 그녀가

그토록 친절하고 상냥해 보이기도 처음이었다.

그런데 그녀답지 않은 친절과 상냥함은 고의적인 것이었다.

나로 하여금 그녀를 의심하고 실망하도록!

그러나 그것도 첫날 하루뿐이었다. 그 다음 날부터는

무표정과 침묵이었다.

달라진 머리 모양으로 표정마저 딱딱하게 보였고, 전혀

어울리지 않는 허술한 옷차림에 그녀의 아름다움이

감추어졌지만 나는 개의치 않았다.

그것도 나에게 실망감을 안겨 주려는 것이라고 여겼다.

이런 겉모습은 마음만 바꿔 먹으면 금방

달라질 수 있는 것이기 때문이었다.

그런데 그것이 그렇게 간단한 문제가 아니라는 것을

나중에 깨닫게 되었다.

저녁때 응접실에 들어서던 나는 피아노가 없어진 것을 깨닫고

깜짝 놀랐다. 내가 실망하여 물었더니,

알리사가 아주 태연한 목소리로 말했다.

"피아노는 지금 수리 중이야."

그러자 외삼촌이 꾸지람에 가까운 목소리로 말했다.

"글쎄, 내가 몇 번이나 말하지 않았니? 지금까지도 참고

쳤으니까 제롬이 다녀간 뒤에 고치라고 하잖았어?

그렇게 서두르는 바람에 모처럼 찾아온 제롬을

즐겁게 해 줄 수 없잖니?"

"하지만 아버지, 음이 맞지 않아서 제롬 역시 제대로

칠 수 없었을 거예요. 그렇게 되면 고치지 않고 방치해 둔

저에게 더욱 실망했을걸요."

알리사가 붉어진 얼굴을 돌리면서 대꾸했다.

"네가 계속 쳤잖니? 내가 듣기에는 그렇게 심하게

고장난 것 같지는 않던데……."

외삼촌이 아쉬운 듯 말했다.

그런데 나를 실망하게 하기 위한 그녀의 이상한 행동은

여기서 그치지 않았다.

다음 날, 그녀는 집 앞에 내놓은 벤치에 앉아 바느질을 했다.

낡은 양말이 가득 든 바구니를 놓고 줄곧 일거리를

꺼내는 것이었다.

며칠 뒤에는 냅킨과 홑이불을 만지고 있었다.

그녀는 이런 일에 완전히 몰두해 있었다.

사람이 곁에 있어도 관심을 보이지 않고 자기 일에 몰두했다.

그러고 보면 머리 모양이나 옷차림이 바로 그런 일을 하는

여자들의 차림이었다. 그 일을 하는 동안에는 표정도

없고 눈에 광채도 없었다.

"알리사!"

어느 날 저녁, 나는 그녀의 얼굴이 너무나 삭막하게 변한 것을

보고 하도 딱해서 곁에 앉은 알리사를 일부러 소리쳐 불렀다.

"왜 그래?"

그녀는 한참 뒤에야 고개를 들면서 대꾸했다.

"내 말이 들리는지 알고 싶었어. 알리사는 지금 내게서

너무 멀리 있는 것 같아."

"무슨 소리, 난 여기 있어. 바느질은 여간 조심하지

않으면 안 되거든. 미안해."

"바느질하는 동안 책이라도 읽어 줄까?"

"귀에 들어오지 않을걸."

"왜 이런 일을 하지?"

"내가 하지 않으면 누군가가 해야 할 일이니까."

“설마 알리사가 절약을 하려고 이런 일에

몰두하는 것은 아니겠지?”

그녀는 이 일이 즐겁고 보람을 느낀다고 했다. 이런 일은

수도원에서도 흔히 하는 수행이라고도 말했다.

검소한 생활과 근검을 습관화하는 일처럼 영혼을

정결하게 하는 것도 없다는 것이다.

그녀는 줄곧 미소를 띠고 있었고, 그녀의 목소리는

그 어느 때보다 부드러웠다.

수도원의 수녀들 흉내를 내는 까닭이 뭐냐고 묻고 싶었다.

그러나 흉내라고 보기에는 그녀의 표정과 태도가 너무

진지하고 엄숙했다. 그런데도 또 한편으로는 실패자처럼

처량하게 보이기도 해서 보기에 딱했다.

그 부드러운 미소는 이 곳에 오던 날 내게 보여 주었던

친절이나 상냥한 표정과는 또 다른 것이었다.

이틀 뒤, 막연한 느낌으로 다가오던 알리사 내면의

변화가 확실하게 확인되었다.

우리는 정원에서 장미꽃을 꺾었다. 알리사가

그 꽃들을 자기 방으로 옮겨 달라고 했다.

나는 그 말에 가슴이 뛰었다. 알리사가 일부러 자신의 방을

나에게 보여 주려는 것이었기 때문이다.

그녀의 방에 들어설 때마다 나는 언제나 가슴이 설레었다.

알리사의 또 다른 내면을 들여다보는 듯했었다.

그 날 방에 들어서자 그녀가 즐겨 읽는 책들을

꽂아 두는 작은 책장에 눈길이 갔다.

이 작은 책장의 책 중 반은 내가 준 것이었고, 반은 우리가

같이 읽은 책으로 오랜 기간을 두고 채워 온 것이었다. 그런데

그 책들이 모두 없어지고 대신 그녀가 평소에 경멸해 왔던

책들만 가득 꽂혀 있었다. 주로 신앙과 사색에 관한 명상집

종류의 너절한 작은 책자들이었다.

문득 고개를 들자 알리사가 나를 보며 웃고 있었다.

"미안해. 네 표정을 보니 웃음이 나왔어."

하지만 나는 농담할 기분이 아니었다.

"아니, 알리사. 정말 요즘 이런 책들을 읽고 있는 거야?"

"그래, 그런데 왜 그렇게 놀라니?"

"알리사의 지성이라면 도덕자인 체하면서 어리석은 자들을

계몽하듯이 쓴 이런 책들은 읽지 않을 텐데. 그렇지 않아?"

"제롬, 오해하지 마. 이 책들의 저자들은 모두 경건한

사람들이야. 오래 사색하고, 연구하고, 고민하면서

닦은 신념을 진지하게 표현하고 있는 거야. 전혀
잘난 척하거나 간교한 말로 속이는 게 아니란 말야.
이 저자들은 미사여구의 함정에도 빠지지 않았어.
난 이 책들을 통해 감동받고 즐겁지 않을 수가 없어."
"그래서 이제는 이런 책만 읽는다는 거야?"

"그래, 몇 달 전부터는. 그렇지만 요즘은 독서할 시간도
별로 없어. 너도 봐서 알겠지만, 일감이 많으니까 말이야.
사실은 제롬이 감탄할 만한 책이라고 추천해 주었던 그
위대한 작가들 중 어떤 이의 책을 다시 읽어보려고 해
보았지만, 성경 말씀대로 제 키를 한 자 늘여 보려고
애를 쓴 사나이와 같은 결과가 되어 버렸어."
"알리사, 너를 이렇게 변하게 만든 작가가 도대체 누군데?"
"여럿이지만 한 사람만 들라면 파스칼이야."
나는 초조했다. 알리사는 그 때까지도 장미 꽃다발을 그냥
들고 있었다. 그녀는 정돈되지 않은 꽃다발에 시선을
고정시킨 채 낮은 목소리로 이야기를 계속했다.
"파스칼의 비장한 어조가 신앙심에서 온 것이라기보다
삶에 대한 회의에서 오는 것이 아닌가 하는 생각이 들어.
완전한 신앙이란, 그처럼 눈물을 흘린다거나
연약하게 목소리를 떠는 건 아니거든."
'그래, 맞아. 파스칼의 음성이 아름답게 들리는 것은
바로 떨리는 목소리, 눈물겨운 어조에 있을 뿐이야.'
나는 반박해 주고 싶었으나 용기가 나지 않았다.
"갸륵하다는 것은 스스로 보잘것없는 존재라 생각하는

거지. 자신에게 어떤 가치가 있다면 그것은

하느님 앞에서 스스로의 존재를 부인해 버리는 것이야.”

“알리사!”

나는 그녀의 이름을 소리쳐 불렀다.

“넌 왜 스스로 자신의 날개를 떼어 버리려는 거지?”

그녀의 목소리가 무척이나 잔잔하고 자연스러웠기 때문에

내 고함 소리는 우스꽝스러워져 버렸다.

그녀는 미소를 띤 얼굴로 고개를 가로저었다.

“이번에 파스칼을 읽고 얻은 것은 ‘무릇 목숨을 구하고자 하는

자는 그것을 잃을 것이다.’ 라는 예수님의 말씀뿐이었어.”

당황한 나는 대답할 말을 전혀 찾아 내지 못했다.

바로 그 때, 식사 시간을 알리는 종 소리가 들렸다.

그토록 많은 행복을 기대했던 며칠이 이렇게 흘러가 버렸다.

나는 하루하루가 지나가는 것을 멍하니 바라볼 뿐이었다.

그렇게 나의 고통은 나날이 깊어만 갔다.

떠나기 이틀 전, 폐광 터까지 따라온 알리사와 함께

벤치에 나란히 앉았다.

맑은 가을 저녁이었다. 어렴풋한 추억까지도

뚜렷이 생각날 듯한 날이었다.

그럼에도 이번 기간 내내 우울했던 마음이 풀리지 않았다.

그녀가 말했다.

"지금 제롬은 어떤 환상 속에서 사랑에 빠져 있는 거야."

"천만에! 환상이 아니야, 알리사."

"만들어 낸 모습이겠지?"

"난 그런 걸 만들지 않았어. 알리사는 나의 연인이었고,

나는 지금 그 알리사를 붙들고 있는 거야.

알리사! 알리사는 내가 사랑하는 여자였어.

그런데 그 옛날의 알리사는 어떻게 됐어?

어떻게 돼 버렸냐고?"

그녀는 잠시 대답이 없더니, 고개를 숙인 채 입을 열었다.

"제롬, 왜 솔직하지 못해? 나를 사랑하고 있지 않다고 말야."

"아니야, 나는 그 어느 때보다도 더 널 사랑하고 있어."

나는 화가 나서 소리쳤다.

"나를 사랑한다고? 그건 단지 예전의 나를 생각해 가며

그리워하는 것뿐이야."

알리사는 억지로 미소를 지어 보였다.

"아냐, 내 사랑은 현재의 것이지, 과거의 것이 아냐!"

나는 땅이 무너지는 듯했다.

“그 사랑도 다른 것과 함께 지나가 버릴 거야.”

“내 사랑만은 언제까지나 알리사를 생각하며 그리워할 거야.”

“그렇더라도 나는 제롬의 사랑을 받아들일 수 없어.”

"무슨 말이야?"

"나는 제롬보다 나이가 많아."

"또 그 소리, 우리 사이에 이미 나이 따위는 문제되지 않았어."

그녀는 애써 핑계를 대고 있었다. 그녀는 우리의 사랑이

하느님 앞에 정결함을 해치는 것이라고 믿고 있는 것이다.

그녀는 스스로를 온전히 정결하지 못하다고 믿고 나의 사랑을

받아들이지 않으려는 것이다. 그녀는 스스로를 하느님 앞에

정결함 — 곧 성결을 이룰 수 있는 덕행을 위하여

좁은 길로 나아가고자 하는 것이다.

자신의 사랑을 희생하는 것이 나에 대한 사랑을 완성하는

것이라고 믿는지도 모른다.

그것은 반대할 수 없는 좁은 문으로 가는 수행이었다.

나는 울분을 가득 품고 퐁그즈마르를 떠났다.

파리로 돌아온 나는 아테네 학원의 추천을 받았다.

별다른 야망이나 계획도 없이 그리스로 떠나기로 결심했다.

다만 모든 것을 잊을 수 있으리라고만 생각하고

입학을 결정해 버린 것이다.

알리사의 일기

그로부터 3년 뒤, 여름이 끝날 무렵이었다.

나는 다시 퐁그즈마르를 찾아갔다. 그 때는 벌써 외삼촌이

세상을 떠난 지 열 달이나 지났을 때였다.

알리사에게서 외삼촌이 돌아가셨다는 편지를 받고

꽤 긴 답장을 보냈건만 끝내 답장은 오지 않았다.

그 무렵 나는 팔레스타인을 여행하는 중이었다.

나는 알리사에게 퐁그즈마르로 갈 것이라고 미리 알리지

않았다. 오직 알리사를 만나고 싶다는 생각으로

예고 없이 찾아간 것이다.

퐁그즈마르에 도착한 나는 잠시 망설였다.

바로 들어가 볼까, 아니면 그냥 돌아갈까 하다가 우리가 자주

다니던 추억의 그 가로수 길을 거닐기로 했다. 혹시 지금도

가끔 그녀가 와서 앉았을지도 모를 벤치 위에나

앉아 보려고 발걸음을 옮겼다.

만일 그 벤치에 갈 때까지 알리사를 만나지 못하거나, 벤치에

앉아 기다려도 늦도록 나타나지 않는다면 내가 다녀간 어떤

표시를 해 두어야겠다는 생각을 하면서 걸었다.

너도밤나무 숲을 지나 비밀의 문 앞에 다다랐다.

정원에 들어가 볼까 말까 망설였다. 정원으로 통하는 문은

잠겨 있었다. 그러나 안쪽의 빗장이 너무 약해서 나는

어깨로 밀고 들어가 보려고 생각했다.

바로 그 때, 발소리가 들려왔다.

나는 담이 움푹 들어간 곳으로 몸을 숨겼다.

정원에서 나온 사람이 누구인지 볼 수가 없었다. 그러나

나는 그 발소리를 듣고 그것이 알리사라는 것을 알았다.

알리사는 몇 걸음 더 앞으로 다가오더니 가냘픈

목소리로 내 이름을 불렀다.

"제롬, 너니……?"

순간 내 심장이 갑자기 딱 멎는 것 같았다. 그리고는

목이 메어 단 한 마디 말도 나오지 않았다.

그녀가 더욱 큰 소리로 나를 불렀다.

"제롬! 제롬이지?"

나는 여전히 대답을 하지 못한 채 그 자리에 주저앉고

말았다. 알리사는 몇 걸음 걸어 나오다가 담을 돌아가는

듯했다. 그런데 그 순간 어느 새 바로 내 곁에 알리사가

다가와 있다는 것을 느꼈다.

"왜 숨었니?"

그녀는 헤어져 있던 3년 동안이 바로 며칠 전이었던

것처럼 담담하게 말했다.

"어떻게 나인 줄 알았어?"

"기다리고 있었어."

"날 기다리고 있었다고?"

나는 너무나도 놀라서 그녀의 말을 믿을 수가

없다는 듯이 되물을 뿐이었다.

"그래, 나는 널 다시 한 번 만나게 되리라는 걸 알고 있었어.

사흘 전부터 저녁마다 이 곳에 와서 오늘처럼 네 이름을

불렀단다. 그런데 왜 대답을 하지 않았니?"

"알리사가 이렇게 나타나지 않았다면

그냥 여기를 떠났을 거야."

나는 벅찬 감동을 억누르면서 말했다.

"마침 르아브르를 지나던 길이라 저 가로수 길을 거닐어 보고,

정원도 돌아보고 싶었어. 아직도 그 벤치에 알리사가 나와

앉아 있지 않을까 기대하면서 가 보려고 했어.

거기 앉아 쉬었다가……."

"사흘 전부터 저녁마다 이 곳에 와서

내가 무엇을 읽었는지 좀 봐."

그녀는 내 말을 막으면서 한 다발의 편지를 내밀었다.

내가 이탈리아에서 보낸 편지들이었다.

순간, 나는 그녀를 쳐다보았다. 그녀는 놀랄 만큼 변해

있었다. 야위고 창백한 모습을 보니 가슴이 아팠다. 그녀는

아직도 상복 차림이었다. 나에게는 외삼촌이지만 그녀에게는

아버지가 돌아가신 지 아직 1년이 못 된 것이다.

그녀의 얼굴을 더욱 창백하게 보이게 했다.

그녀는 미소를 짓고 있었지만 금세 꺼져 버리지나 않을까

걱정될 정도로 허약해 보였다.

"여기 퐁그즈마르에 알리사 혼자 있어?"

"아니, 로베르도 함께 있어."

지난 8월에는 쥘리에트와 에두아르 씨 내외, 그리고 그들의

세 아이가 와서 한 달 동안 지내고 갔다고 했다.

우리는 벤치에 나란히 앉아 한동안 그저 평범한 이야기를

주고받았다. 그녀는 내가 무슨 일을 하고 있는지 물었다.

그러나 나는 내 일에 아무런 관심도 없다는 듯 시큰둥하게

대답했다. 그녀가 예전에 나를 실망시켰던 생각이 나서 나도

그녀를 실망시키고 싶었다. 나의 사랑을 순순히

받아 주지 못하는 알리사에 대한 원망 때문이었다.

그런데도 그런 생각과는 달리 이따금 솟구치는 감동으로

목소리가 떨려 스스로도 원망스러웠다.

날이 저물었다. 황홀한 빛깔의 저녁 노을이 들판과

골짜기를 붉게 비추더니 이윽고 사라져 버렸다.

나는 말없이 앉아 있었다. 내게 기댄 채 고개를

숙이고 있던 알리사가 일어섰다.

그녀는 윗옷 속에서 보드라운 종이에 싼 조그마한

물건을 꺼내어 내게 내밀면서 말했다.

"자, 제롬. 이건 내 자수정 십자가 목걸이야. 오래 전부터

네게 주고 싶었거든. 사흘 전부터 지니고 다니며

너를 기다리고 있었어."

"그걸 어떻게 하라는 거야?"

나는 아주 퉁명스럽게 물었다.

"나에 대한 추억으로 간직하고 있다가 네 딸에게

꼭 물려주었으면 좋겠어."

"딸이라니?"

나는 얼른 알아듣지 못하고 알리사에게 되물었다.

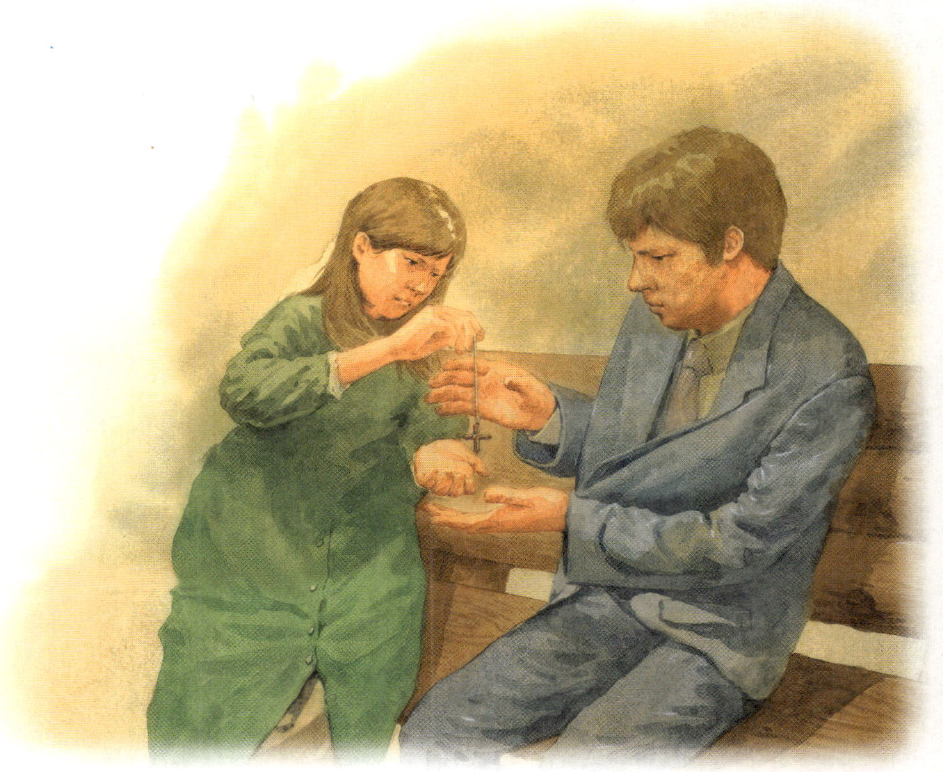

"조용히 내 말을 잘 들어 줘. 부탁이야. 제롬, 너도 언젠가는 결혼할 거 아냐? 아니, 제발 내 말을 가로막지 마. 나는 단지 내가 널 사랑했었다는 것을 잊지 말아 주었으면 하고 바랄 뿐이야. 제롬의 딸에게 나를 기억하는 기념으로 이 목걸이를 주었으면 하는 생각을 했어. 그러면 제롬이 나를 사랑하듯 딸을 더욱 사랑할 수 있겠지. 그 애에게 내 이름을 붙여 주면 더욱 좋을 거야. 그 애의 이름을 부를 때마다 나를 기억해 줄 수 있다면 그보다 더 행복한 일이 없을 것 같아."

그녀는 목이 메어 말을 잇지 못했다.

나는 화가 나서 소리쳤다.

"그렇다면 네가 직접 주지 그래?"

나는 그녀가 낳은 우리 딸에게 그 목걸이를 걸어 주라고

말하고 싶었다.

그녀의 입술은 마치 흐느껴 우는 어린애처럼 떨리고 있었다.

그러나 눈물을 흘리지는 않았다. 그녀는 말을

이으려고 안간힘을 썼다.

"알리사, 내가 누구와 결혼을 할 수 있겠어?

내가 너밖에 사랑할 수 없다는 것을 잘 알고 있잖아."

나는 갑자기 거칠게 그녀를 꼭 껴안았다.

그렇게 그녀를 안은 채 잠시 그대로 있었다.

나는 그녀의 눈빛이 흐려지는 것을 보았다.

"제롬, 우리의 사랑에 상처를 내지는 마."

그녀는 나의 행동이 우리 사이에 지켜져 온

성결한 사랑을 더럽힐까 봐 겁을 냈을지도 모른다.

"비겁한 짓은 하지 마."

아니, 이 말은 내가 내 자신에게 한 말이다.

"그렇게 나를 사랑했다면 어째서 항상 나를 밀어내기만 했지?

들어 봐, 알리사! 처음에 나는 쥘리에트의 결혼을 기다렸어. 너 역시 그녀가 행복해지기를 기다리고 있다는 것을 알았으니까. 이제 쥘리에트는 행복해. 그 다음에는 알리사가 결혼해 버리면 아버지 홀로 남게 되어 돌봐 줄 사람이 없다고 했어. 그래서 나는 네가 아버지를 모시고 돌봐 드리는 동안 인내심을 가지고 기다렸어. 그리고 이제는 우리 둘뿐이야."

"아, 지난 일엔 마음쓰지 않기로 해. 그건 이미 지나간 얘기야."

그녀가 작은 소리로 중얼거렸다.

"아직 늦지 않았어, 알리사!"

"아니야, 제롬. 이제는 늦었어. 우리가 서로를 위해 사랑보다 더 바람직한 것이 무엇인지 깨닫게 되었을 때부터 이미 우리는 맺어질 수 없는 운명이 되어 버린 거야. 제롬 덕택에 나의 이상은 더욱 높아질 수 있었어. 이제는 인간 세상에서 그 어떤 것도 이 만족감을 따를 수 없을 것이고, 깨뜨리거나 다치게 하지도 못할 거야."

알리사는 천천히 말을 이어나갔다.

"우리가 결혼해서 함께 산다면, 우리는 어떤 식으로 살아가게 될까 하고 종종 생각해 봤어. 그런데 우리가 결혼하는

그 때부터 우리 사랑은 온전하지 못할 것 같았어. 우리의

깨끗하고 아름다운 사랑을 지탱해 낼 수가 없을 거야.”

“우리가 헤어져 살아갈 앞으로의 삶이 어떠한

것일까도 생각해 봤어?”

“아니, 전혀.”

“그럼 이제 너도 잘 알겠구나! 나는 3년 전부터 네가 없어

괴로운 마음으로 방황하고 다녔단 말이야.”

날이 저물고 있었다.

“추워.”

알리사가 일어서며 말했다. 그러더니 숄을

바싹 여미어 몸을 감쌌다. 우리는 잠시 동안 말없이 걸었다.

그녀가 다시 말을 이었다.

“제롬, 사랑보다 더욱 훌륭하고 가치 있는 것, 그것에 대해

생각해 본 적 있니?”

그녀는 앞만 보고 걸으면서 말했다. 눈에는 눈물이 흐르고

있었지만, 닦을 생각도 하지 않았다.

“더 훌륭한 것!”

그녀는 이 말을 되풀이해서 중얼거렸다.

우리는 채소밭에 있는 비밀의 문 앞에 이르렀다.

그녀는 나를 돌아보며 말했다.

"이제 그만 가, 안녕!"

그러면서도 그녀는 팔을 뻗어 내 어깨 위에 두 손을 얹은 채

말할 수 없이 사랑이 가득한 눈으로 한동안

나를 물끄러미 바라보았다.

알리사는 나를 문 밖에 세워 둔 채 혼자 들어가 문을 닫았다.

빗장 지르는 소리가 들렸다. 그러자 나는 견딜 수 없는

절망감에 빠져 문에 기댄 채 주저앉고 말았다.

나는 퐁그즈마르로부터 돌아온 후 며칠 동안

걷잡을 수 없는 불안에 사로잡혀 지냈다.

며칠 뒤 쥘리에트에게 편지를 썼다. 퐁그즈마르에 갔었다는

것과 창백하게 여윈 알리사의 모습에 놀랐다는 말을 썼다.

그 후, 한 달도 채 못 되어 쥘리에트로부터 어처구니없는

소식을 담은 답장을 받았다.

제롬.

너무도 슬픈 소식을 전해 드립니다.

우리의 가엾은 알리사는 이미 이 세상에 없습니다.

제롬 오빠가 염려하던 언니의 건강이 공연한 말이

아니었음을 깨닫게 되었어요.

언니는 내 간청에 못 이겨 가까운 병원에서 진찰을 받았어요.

그런데 오빠가 다녀간 사흘 뒤, 언니는 갑자기

퐁그즈마르를 떠나 파리로 갔어요. 그 사실도 로베르의 편지를 받고서야

알았답니다. 편지를 받고 언니를 혼자 보낸 것에 대해 로베르를

호되게 나무랐답니다.

그 뒤 우리는 언니가 어디에서 무얼 하고 있는지 도무지 알 길이 없었어요.

며칠 뒤에 로베르를 파리에 보내어 수소문을 했으나

찾지 못했습니다. 결국 남편 에두아르가 경찰에 의뢰하여

언니가 숨어 지내던 작은 요양원을 찾아 냈습니다.

아아! 그러나 때는 이미 늦었어요.

몇 가지 기록과 서류 중에는 르아브르의 우리 공증인에게

보낸 유언장 사본이 들어 있었습니다.

그 편지의 한 부분은 제롬에 관한 것인 듯 생각됩니다.

장례식에는 에두아르와 로베르가 참석했어요.

요양원의 환자 몇 사람이 함께 장례 행렬을 따라갔어요.

나는 다섯째 아이의 출산이 다가와서 안타깝게도 집을 나서지 못했어요.

언니의 죽음이 얼마나 오빠를 슬프게 할 것인가를 잘 알고 있습니다.

편지를 쓰는 내 마음도 찢어질 듯해요. 저도 오빠가 보고 싶어요.

제가 오빠를 그리워한다고 죄가 되는 것은 아니겠지요?

언제든지 님에 오시게 되거든 에그비브에도 들러 주세요.

에두아르도 오빠를 반가워할 거예요. 그럼 안녕.

며칠 뒤 나는 알리사가 내게 남긴 봉투 하나를 받았다.

그 봉투 안에는 알리사의 일기가 들어 있었다. 또 내가 받기를

거절했던 자수정 십자가 목걸이도 들어 있었다.

다음은 그 일기의 내용이다. 나는 이 일기에 대해서 아무런

설명도 덧붙이거나 줄이거나 하지 않고 그대로 옮기려 한다.

5월 23일

쥘리에트가 사는 에그비브에서의 나의 첫 여행!

그저께 아버지와 함께 르아브르를 출발해서

어제 님에 도착했다.

집안일에서 벗어나니 홀가분하다.

오늘 내 스물다섯 번째 생일을 맞아 이 일기를 쓰기 시작한다.

난생 처음 나는 혼자라는 것을 깨닫는다.

알아듣기 어려운 남부 사투리를 쓰는 낯선 타향…….

그러나 이 곳에서도 나의 하느님은 나와 함께 하실 것이다.

5월 24일

쥘리에트는 내 옆의 소파에 앉은 채로 집오리 떼와 백조가

헤엄치고 있는 연못을 바라보면서 졸고 있다.

그녀는 만삭의 몸을 다스리기가 힘들어 보인다.

어제 도착하자마자 쥘리에트의 남편 에두아르가

아버지를 모시고 정원, 농장, 창고, 그리고 포도밭 등을

구경시켜 드렸다. 그래서 나는 오늘 아침 일찍 정원의

여기저기를 살펴보며 산책할 수 있었다.

이름 모를 수많은 초목들, 그 이름을 알아보려고 하나하나

잔가지들을 꺾어 모았다. 퐁그즈마르에서는 자연에 대한

나의 감정이 신앙적이었는데, 이 곳에서는 나도 모르게

신화적으로 느껴져 두렵다.

그만큼 이 곳의 숲도 성스럽다고 생각한다. 공기는 수정처럼

맑고, 신비한 고요가 나를 감싼다. 어디선가 새의 노랫소리가

들려왔다. 그 소리는 맑고 청아해서 감동적이기까지 했다.

가슴이 세차게 뛰었다. 나는 잠시 나무에 기대어 있다가

혼자 가만히 집으로 돌아왔다.

5월 26일

제롬에게서는 여전히 아무런 소식이 없다.

르아브르로 편지를 보냈다면 이리로 다시 발송될 텐데

말이다. 이 불안한 마음도 다만 일기에만

고백할 수 있을 뿐이다.

에그비브에 온 이래로 내내 우울하다.

사실 이 우울은 어제오늘의 일은 아니다.

내 가슴 속 뿌리 깊이 쌓인 것이다.

5월 27일

나는 나 자신을 속이고 있다.

내가 쥘리에트의 행복을 기뻐하는 것은 마음 속에서

우러나는 것이 아니라 이성적이다.

그 애의 행복은 결코 내 희생이 필요한 것이 아니었다.

그 애의 행복은 내가 바라고 상상하던 것과는 무척이나

다르다. 나는 그것이 괴롭다.

내가 생각해도 내 마음은 참으로 복잡하다.

하느님께서 더 이상 내게 그러한 희생을 요구하지

않으시는 데 대해 하느님 앞에 부끄럽다.

6월 10일

시작한 지 얼마 되지 않아 이 일기를 오랫동안 쓰지 못했다.

그 사이 귀여운 조카 리즈가 태어났다. 쥘리에트를

간호하면서 보낸 긴 밤들. 제롬에게 보낼 편지에다 쓸

이야기들을 여기에 적는 것에 아무런 즐거움도 느낄 수 없다.

7월 16일

쥘리에트는 행복하다. 그 애 자신이 그렇게 이야기하고

있고 또 그렇게 보인다.

나는 그것을 의심할 권리도 이유도 없다.

그런데 지금 그 애가 사는 모습을 보면서 느끼는

어색함은 어디에서 오는 것일까?

아마도 그것은 이 행복이 현실적이고 쉽게

얻어진 것이기 때문인지 모른다.

그 현실적 행복이 영혼을 죄어 질식시키고 있다.

그렇다면 내가 생각하는 행복은 과연 무엇인가?

행복 그 자체인지, 아니면 행복에 이르는 과정인지를

스스로에게 묻고 있다.

주여! 저는 쉽게 도달할 수 있는 행복은

원하지 않습니다. 제가 당신에게 이를 때까지

저의 행복을 미루게 하소서.

그 다음은 여러 장이 뜯겨져 나갔다. 아마 내가 마지막으로

르아브르에 찾아가서 만났던 내용일 것이다.

일기는 이듬해가 되어서야 다시 이어졌다.

날짜는 적혀 있지 않았으나 내가 퐁그즈마르로

돌아가 있을 때 쓴 것이다.

그가 없이 과연 내가 존재할 수 있을까?

그가 있기 때문에 나는 존재하는 것이다.

나는 가끔 내가 그에 대해 느끼는 것이 과연 남들이 말하는

사랑인지 망설여진다. 흔히 사람들이 그려 내는 사랑과

내가 그리는 사랑은 너무나 다르다.

나는 사랑이란 말을 입 밖에 내지 않고, 나 자신 또한

사랑하고 있다는 사실조차 깨닫지 못한 채

그를 사랑하고 싶다.

오늘 아침, 우리 둘은 한참 동안 아무 말 없이
벤치에 앉아 있었다. 굳이 말할 필요를 느끼지 않았다.
갑자기 그는 나에게 ‘내세’라는 것을 믿느냐고 물었다.
나는 망설이지 않고 대답했다.
“당연하지, 그럼. 내게 그것은 유일한 소망이요,
움직일 수 없는 믿음이지.”
순간 나의 모든 믿음이 새롭게 다져지는 느낌이 들었다.
그가 주저하듯이 뜸을 들여서 또 물었다.
“믿음이 없다면 알리사는 지금과 같은 행동을
하지 않겠지?”
“왜 그런 말을? 내게는 물론이고 제롬에게도 신앙이
없었으면 난 제롬을 사랑하지 않았을 거야.”

제롬.
미래의 보상을 약속받기 위해 우리가 덕행을
쌓으려고 애쓰는 건 아니야.
스스로 치르는 고행에 대한 보상을 기대한다는 것은 순수하게
태어난 영혼을 모욕하는 일이야. 우리의 고행은 영혼의
아름다움을 이루는 일이니까.

아버지의 건강이 다시 나빠졌다.

사흘 전부터 우유밖에 드시지 못하고 있다.

아무쪼록 무서운 병이 아니길 바랄 뿐이다.

어제 저녁, 제롬이 자기 방으로 돌아간 후에 내 방으로

아버지가 들어왔다. 그리고 소파에 기대앉으며

내게 손짓을 했다.

"이리 와 내 옆에 앉아라."

아버지는 나를 옆에 앉히시고는 어머니에 관해

얘기하기 시작했다.

내게 처음으로 어머니와 아버지의 결혼과 살아오신 일에

대한 이야기를 밤이 깊도록 자세히 들려주셨다.

두 분이 어떻게 결혼하게 되었는지, 얼마나 어머니를

사랑했는지, 어머니가 아버지에게 얼마나 귀중한

분이었는지 말씀해 주셨다.

"아버지, 왜 오늘 밤에 그런 얘기를 해 주시는 거예요?"

"아까 응접실로 들어서면서 소파에 누워 있는 너를 보니까

꼭 네 어머니를 보는 것 같았기 때문이야."

나는 아버지가 건강이 나빠져서 삶에 자신이 없으신 것이

아닌지 염려되었다.

그 날 밤 나는 아버지가 돌아가신 뒤에도

잠을 이룰 수 없었다.

나는 어렸을 때부터 제롬 때문에 아름다워지고 싶었다.

지금 와서 생각해 보면 내가 온전한 영혼을 지니려고

노력하면서 고행한 것도 그를 위해서였다. 그런데 그 온전한

영혼에 도달하려면 그가 없어야 한다. 오오, 주여!

이것이 당신의 모든 가르침 중에서 무엇보다도

저의 영혼을 당황케 하는 것입니다.

덕과 사랑이 함께 어우러지는 영혼을 지닐 수 있다면

얼마나 행복할까? 사랑한다는 것, 힘껏 더 사랑한다는 것 외에

다른 덕이라는 것이 있을 수 있을까? 나는 가끔 의심해 본다.

하지만 어떤 때는 덕이란 오직 사랑에 대한 저항이라고

생각되기도 한다.

내 마음의 자연스러운 흐름을 감히 덕이라고 해도 좋을까?

아! 그러나 그것은 그야말로 매혹적인 궤변이요, 기대일 뿐!

맹랑하기 짝이 없는 행복의 환상일 뿐!

하느님 앞에서 순결한 그, 나만 아니라면 더욱 아름다운 그,

나는 그의 순결을 더럽히는 속물일 뿐이다. 나는 그를
오로지 사랑으로 유혹하고 얽매려고 하는 존재이기 때문이다.
주여! 저의 마음은 도저히 이 사랑을 극복할 수 없게
되었습니다.
주여! 제발 그가 저를 사랑하지 않도록 만들 힘을
내게 주소서.

5월 3일 월요일
행복이 바로 곁에 있다. 손을 내밀기만 하면
잡을 수 있을 텐데…….
오늘 아침 그와 이야기하면서 마침내 나는 희생을 결심했다.
그는 내일 떠난다. 나는 언제나 끝없이 제롬을 사랑하고
있지만 내 입으로는 결코 그런 말을 못하게 될 거다. 제롬을
가까이 두고 내 스스로 내 영혼에 가하는 속박이 너무도
견디기 힘들다. 그래서 제롬과 헤어진다는 것은 내게는
오히려 해방이요, 쓰디쓴 만족이다.
하지만 나는 또 얼마나 그를 그리워하며 지내게 될 것인가!
그리운 제롬!
주여! 제롬과 제가 손을 맞잡고 서로 의지하면서 당신에게로

나아가게 하여 주시옵소서.

아닙니다, 주여! 당신이 우리에게 가르쳐 주시는 길은

좁은 길입니다. 둘이서 나란히 걸어가기에는

너무도 좁은 길입니다.

7월 4일

6주일 이상이나 일기를 쓰지 않았다.

그 동안 썼던 일기도 다시 읽으면서 많은 부분을 찢어 버렸다.

그 없이 살아가는 데 도움이 될까 하고 쓰기 시작한

일기이다 보니 매일 그에게 편지를

쓰고 있는 느낌이다.

문장이 잘 되어 있다고 생각되는 부분은 모두 찢어 버렸다.

이런 내 마음은 나밖에 모른다. 그에 관한 부분은 모두 찢어

버렸어야 했다. 한 장도 남김없이 모두 뜯어 냈어야 했다.

그러나 나는 차마 그러지 못했다.

7월 6일

나는 책장에서 그의 책들을 모두 없애 버렸다.

이 책에서 저 책으로 그를 피해 다녀 보지만,

어디에서나 그를 만난다.

나 혼자 펴 보는 책장 속에서도 그 구절을 읽어 주던 그의

목소리가 들려오곤 한다.

사실 그가 관심을 갖는 것이 아니면 나도 흥미가 없었다.

내 생각마저도 그저 그의 사고 방식을 그대로 따랐고

받아들였기 때문이다.

지금도 그의 생각과 나의 생각을 나조차

구별할 수가 없다. 앞으로 당분간은 성경만을 읽고,
중요한 구절 하나씩을 매일 일기장에 적을 작정이다.

실제로 7월부터 날마다 성경 구절이 하나씩 적혀 있었다.
성경 구절과 그에 대한 그녀의 생각을 짤막하게
덧붙인 것도 많다.

7월 20일

'네게 있는 모든 것을 팔아 가난한 이들에게 나누어 주라.'

(누가복음 18장 22절)

오직 제롬만을 생각하고 있는 나의 마음을
가난한 사람들에게 주어야겠다고 생각했다.

7월 24일

나는 『마음의 위안』을 읽기를 중단했다. 이 글은 재미있지만
마음을 혼란스럽게 한다. 거기에서 맛본 거의 이교적인
즐거움은, 내가 구하려던 교훈과는 전혀 방향이 다른 것이다.
『예수를 본받아』를 다시 읽기 시작했다. 이것 역시 이해하기
힘든 라틴 어 원본으로는 읽지 않기로 했다.

8월 14일

이 일을 완수하는 데는 앞으로 두 달…….

오, 주여! 저를 도와 주소서.

8월 20일

나는 안다. 이 슬픔 때문에 더욱 잘 알고 있다. 아직도

내 마음 속에서 희생이 이루어지지 않았음을. 주여, 그에게서

얻었던 기쁨을 이제 주님에게서만 얻도록 하여 주소서.

8월 28일

나는 얼마나 속되고 서글픈 덕에 이르렀나! 스스로 나 자신에

대해 지나친 요구를 하고 있는 것일까?

언제나 하느님께 '힘을 주소서' 하고 애원하다니,

얼마나 비겁한 일인가! 이제 내 기도는 온통 하소연뿐이다.

8월 29일

'들에 핀 백합을 보라.' (누가복음 12장 27절)

이 간단한 말씀이 오늘 아침 나를 슬픔에 잠겨 들로 나가게

했다. 나도 모르게 이 구절을 되풀이하는 동안 눈에도

마음에도 눈물이 고였다.

나는 쟁기질하는 농부와 끝없는 들판을 바라보고 있었다.

하지만 주여, 그 백합은 어디에 있나요?

9월 16일 밤 10시

다시 그를 만났다. 그는 지금 나와 같은 지붕 아래 있는

것이다. 그의 창에서 흘러나오는 불빛이 잔디밭을 비추고

있다. 내가 이 몇 줄을 적고 있는 순간에도

그는 잠들지 않고 있다.

어쩌면 내 생각을 하고 있는지도 모른다.

그는 조금도 변하지 않았다.

9월 24일

아, 온 마음이 무너지는 듯한데도 끝내 무심한 척하면서

냉랭하게 대꾸하며 나눈 대화.

그런데 제롬이 나에게 실망토록 하는 데 성공했는가?

아, 나는 그가 나에게 실망하며 떠나기를 바라면서도 또

그럴까 봐 두려워하고 있다. 이 무슨 모순인가?

우리는 파스칼에 대해 이야기했다. 묵직한 『팡세』를

다시 뽑아 들고 아무 데나 펼쳤더니, 파스칼이 애인

로앙네스에게 보내는 편지를 적은 곳이었다. '이끄는 이를

스스로 따라갈 때는 속박을 느끼지 않는다. 그러나 반항하고

홀로 떨어져 걷기 시작하면 고통을 당하게 되는 것이다.'

이 말이 너무나 내 가슴을 찔렀기 때문에

더 읽어 나갈 용기가 없어졌다.

일기의 첫 부분은 여기에서 끝나고 있었다. 아마 그 다음

부분은 찢어 버린 모양이다. 왜냐하면 알리사가 남긴

서류에는 그로부터 3년 뒤 여름이 끝날 무렵, 퐁그즈마르에서

우리가 마지막으로 만나기 조금 전부터 일기가 다시

계속되고 있기 때문이다.

9월 17일

주여! 당신께서는 제가 당신을 사랑하기 위해

그를 필요로 함을 알고 계십니다.

9월 27일

오늘 아침부터는 마음이 많이 안정되었다. 어젯밤은 묵상과

기도로 거의 지새웠다. 나는 이 안정된 기쁨과 행복감이
사라지기 전에 잠자리에 들었었다. 오늘 아침에도 이
행복감은 여전히 남아 있다. 그것은 그가 반드시 올 것이라는
확신이 생겼기 때문이다.

9월 30일
제롬! 나의 벗!
아직도 동생이라고 부르지만, 동생보다 훨씬 더 끝없이
사랑하는 너……. 저녁마다 해질 무렵이면 채소밭의
비밀의 문을 지나 너도밤나무 숲에서 몇 번이나
너의 이름을 불렀는지!
그래서 갑자기 벤치에 앉아 나를 기다리고 있는 널 본다
할지라도 내 가슴은 결코 놀라지 않을 거야.
오히려 네 모습이 보이지 않는 것에 놀랄 거야.

10월 1일
그에게선 아직도 아무 소식이 없다. 그럴 리가 없는데…….
하지만 나는 머지않아 이 벤치에 그와 나란히 앉게 되리라는
것을 알고 있다. 벌써 그의 목소리가 들리는 것 같다. 어제도

그가 보냈던 편지들을 다시 읽으려고

가지고 나왔었다.

또 그가 좋아하던 자수정으로 만든 십자가

목걸이도 가지고 나왔었다.

이 십자가 목걸이를 그에게 주려고 한다.

이미 오래 전부터 이런 생각을 꿈꾸어 왔다.

그가 결혼해서 낳는 첫딸에게 내 이름을 붙여 주고,

나는 그 아이의 대모가 되어 이 목걸이를 주고 싶다.

나는 왜 이런 말을 그에게 하지 못했을까?

10월 2일

오늘 내 영혼은 하늘에 둥지를 튼 새처럼 가볍고 즐겁다.

그가 틀림없이 오늘 올 것이라고 믿기 때문이다.

그 기쁨을 모든 사람들에게 외치고 싶다.

평소에는 내게 무관심한 로베르조차도 내 기쁨을

알아차렸다. 그가 왜 그렇게 기쁜 표정이냐고 묻는 말에

무어라 대답해야 할지 몰랐다.

저녁까지 기다렸다. 기다림은 왜 이다지도 나를

지치게 하는 것일까!

10월 3일

모든 것이 사라져 버렸다.

아! 그는 마치 그림자처럼 내 곁에서 빠져 나갔다.

바로 저기에 그가 있었다.

나는 여전히 그를 느끼고 있다. 그를 불러 본다.

내 손이, 내 입술과 눈이 어둠 속에서

헛되이 그를 찾고 있다.

대체 무슨 일이 있었지? 그에게 무슨 이야기를 했었지?

왜 무엇 때문에 그 앞에서 언제나 나는 자신의 덕을

과시하게 되는 것일까?

나의 속 마음을 부정하는 덕이 무슨 의미가 있을까?

정작 하고 싶었던 이야기는 전혀 하지 못했다.

제롬! 제롬!

곁에 있으면 가슴이 터질 듯하고,

헤어져 있으면 죽을 것만 같은 나의 괴로운 벗!

내가 가엾은 것인가? 그대가 가엾은 것인가?

내가 아까 한 말 중에서 너에 대한 나의 사랑 이외의

말들은 다 잊어 줘.

편지를 썼다가 찢어 버리고는 또다시 썼다.

그러다 보니 새벽이다. 눈물에 젖은 잿빛 새벽…….

그러나 농장은 내 마음과 상관 없이 활기를 띠기 시작한다.

편지는 보내지 않겠다.

10월 5일

이 집이, 이 정원이 제 사랑을 북돋우고 있습니다. 주님,
당신만을 바라볼 수 있는 곳으로 달아나고 싶습니다.
제가 가지고 있는 재산을 가난한 사람들을 위해 처분하도록
도와 주소서. 퐁그즈마르의 이 집만 로베르에게 물려주고자
하나이다. 허락하소서.
유언장은 쓰긴 했지만 어떤 절차가 필요한지 모른다.
어제 공증인을 만났으나 그가 내 결심을 눈치챌까 봐
제대로 이야기하지 못했다. 그가 알아채면 쥘리에트나
로베르에게 알려 줄 테니까 말이다.
아무래도 파리에 가서 이 일을 마무리지어야겠다.

10월 10일

이 곳에 도착한 처음 이틀 동안은 너무나 피곤해서
꼼짝도 못 하고 누워 지냈다.
의사는 꼭 수술을 받아야 한다고 했다. 수술은 싫다고 해도
큰일나는 것처럼 말했다. 기운을 차릴 때까지 기다려 달라고
핑계를 대어 수술을 미루었다. 고통스러운 수술을 해 가면서
삶에 집착할 생각은 조금도 없다.

방이 마음에 든다. 깨끗하다는 것만으로도
충분히 장식이 된다.
내 마음이 기쁜 것이 놀랍다. 이제는 오로지 하느님만으로
만족해야 한다. 하느님의 사랑이 우리의 마음을 완전히
차지할 때 비로소 기쁨을 주시리라.
책이라고는 오직 성경 하나만 가지고 왔다.

10월 12일
주여, 제 마음에 임하시기를!
당신만이 저를 다스릴 수 있나이다. 저의 모든 것을
송두리째 바치나이다. 지금 내 마음은 이상하게도
어린아이같이 순수해진 느낌이다. 방 안의 모든 것이 잘
정돈되고, 머리맡에 옷을 벗어 가지런히 개어 놓지
않으면 잠들 수 없는 소녀인 듯하다.
죽을 준비도 그렇게 하고 싶다. 하느님 앞에 추한 모습을
보일 수는 없기 때문에.

10월 13일
나는 오늘 이 일기장을 찢어서 불태워 버리려 했다.

그러기 전에 다시 읽어 보았다. 그러자 이 일기장은 나의 것이
아니라 제롬의 것이라는 사실을 절실하게 느끼게 되었다.
제롬의 것을 내가 빼앗을 권리가 없다는 생각이 들었다.
그래서 이 일기장은 여전히 이렇게 온전하게 남게 되었다.
'주여, 제가 이르지 못한 그 바위 위로 저를 인도하여
주시옵소서.'(시편 31편 3절)

10월 16일
제롬, 너에게 완전한 기쁨을 가르쳐 주고 싶다.
오늘 아침 심한 구토를 했다. 그러자 잠시 동안이지만
온몸에 아주 조용한 평온이 찾아왔다. 그러나 이윽고 죽고
싶도록 심한 고통이 몰아쳤다. 그 순간 나 혼자라는 고독을
뼈저리게 느꼈다. 정말이지 무서웠다.
간신히 마음이 안정되는 것 같아 이 글을 쓰고 있다.
주여!
당신을 모독하지 않고 세상을 마무리짓게 하소서.
나는 침대에서 일어나 어린애처럼 무릎을 꿇고 기도했다.
지금 나는 또다시 혼자라는 것을 깨닫기 전에 빨리 죽고 싶다.
그것이 제롬에게 온전한 기쁨이 될 터이므로.

뒷날의 이야기

알리사가 죽은 지 어느덧 10여 년이 지났다.

지난 해 나는 쥘리에트를 만났다.

프로방스 지방을 여행하던 길에 잠시 님에 들렀다.

시내 중심지인 프셰르 거리에 자리잡고 있는 쥘리에트의

집은 아주 훌륭해 보였다.

쥘리에트는 이미 옛날 젊은 시절의 모습은 아니었다.

내 모습도 그녀에게 그렇게 느껴졌을 것이다.

쥘리에트는 플랑티에 이모를 보는 듯했다. 걸음걸이 하며

몸맵시도 그랬지만, 무엇보다 반가워 어쩔 줄 모르는

모습까지도 꼭 이모가 다시 살아나 내 앞에 나타난 것 같았다.

그녀는 내 대답은 기다리지도 않고 총알처럼

잇달아 질문을 퍼부어 댔다.

그간 어떻게 지냈느냐, 무슨 일을 하느냐, 친구는 잘

사귀느냐, 남쪽 지방에는 무슨 일로 왔느냐, 에그비브에 가면

에두아르가 반가워할 텐데 가지 않겠느냐 등…….

그러고는 자기 남편과 자녀들 이야기며 자신이 살아가는

여러 이야기와 최근의 일가 친지들 소식까지

두서 없이 들려주었다.

동생 로베르는 퐁그즈마르 집을 팔고 에그비브에서 살면서

쥘리에트의 남편 에두아르와 동업을 하고 있다고 했다.

나는 뭔가 회상할 수 있는 것은 없는지 주위를 둘러보았다.

응접실의 가구 중에서 퐁그즈마르에 있던 가구

몇 개가 눈에 띄었다.

열두세 살쯤 되어 보이는 사내아이 둘이 계단에서 놀고

있었다. 그녀는 아이들을 불러 내게 인사시켰다.

그녀는 지난 해 또 딸을 낳았는데, 다른 아이들보다

이 아이가 특히 더 귀엽다고 했다.

"바로 옆방에서 자고 있어요."

그녀가 일어서더니 그 방으로 나를 데려갔다.

"제롬, 편지로는 부탁할 용기가 나질 않았는데…….

이 아이의 대부가 되어 주지 않겠어요?"

"네가 그러길 바란다면 그렇게 하지."

나는 약간 놀랐지만 요람을 들여다보며 흔쾌히 승낙했다.

"그런데 아기 이름이 뭐지?"

"알리사."

쥘리에트는 나지막하게 대답했다.

"닮은 것 같지 않아요?"

작은 알리사는 제 어머니가 안아 일으키자

눈을 반짝 떴다.

나는 아기를 받아 안았다.

"제롬은 정말 훌륭한 아버지가 될 거예요."

쥘리에트는 애써 웃으면서 말했다.

"언제까지 혼자 사실 거예요?"

"모든 게 잊혀지면 결혼하겠어."

나는 그녀가 얼굴을 붉히는 것을 보았다.

"빨리 잊고 싶으신가요?"

"아니, 언제까지나 잊고 싶지 않아."

"그럼 결혼하지 않고 혼자 사시겠다는 말이잖아요?"

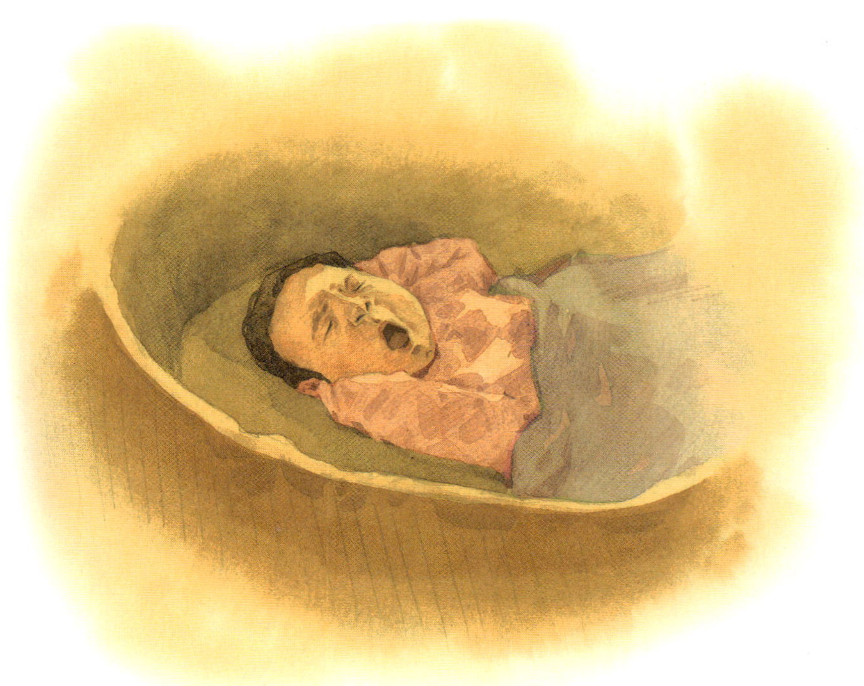

나는 아기를 내려다보면서 그냥 빙긋 웃었다.

"이리로 좀 와 보세요."

나는 아기를 다시 요람에 내려놓고 앞장서 나가는

그녀를 따라 다른 방으로 들어섰다.

어둠침침한 작은 방이었다.

"틈이 날 때면 혼자 이 방에서 쉬지요.

이 집에서 제일 조용한 방이거든요. 여기에 오면

마치 피난처 같은 느낌이 들어요."

그녀가 안락 의자에 털썩 주저앉으며 말했다.

“내 생각이 맞다면 제롬은 언제까지나
알리사의 추억 속에서 살아가려는 거죠?”
“……”
“아무런 희망도 없는 사랑을 그처럼 오래도록
마음 속에 간직할 수 있다고 생각해요?”
나는 그저 고개를 끄덕여 주었다.
땅거미가 밀려들자 주위의 물건들이 차례로
어둠 속에 잠겼다. 어둠 속에서 알리사가 남긴 물건들을
보는 동안 나는 그녀의 방에 있는 듯한 착각이 들었다.
쥘리에트가 이 방에 알리사가 쓰던 가구를 옮겨다 놓은
까닭이었다. 어둠에 가려져 곁에 앉은 쥘리에트가
눈을 감고 있는지 뜨고 있는지 알 수가 없었다.
그런데도 그녀의 얼굴은 정말 아름다워 보였다.
우리 두 사람은 그렇게 아무 말 없이 앉아 있었다.
그녀는 한참만에 자리에서 일어나 한 걸음 앞으로 내딛더니
허물어지듯 내 옆에 있는 의자에 털썩 주저앉았다.
그녀는 두 손으로 얼굴을 가리고 울고 있는 것 같았다.
그 때 하녀가 등불을 들고 방으로 들어왔다.

● 이해 능력 Level Up!

1. 이 작품은 언제 어느 나라의 누가 지은 것일까요? 다음 중에서 올바른 것을 골라 보세요.

   1) 100여 년 전 프랑스의 앙드레 지드
   2) 50여 년 전 프랑스의 앙드레 말로
   3) 약 150년 전 이탈리아의 아미치스
   4) 약 400년 전 영국의 셰익스피어
   5) 약 200년 전 독일의 괴테

2. 다음 글은 제롬의 외숙모가 한 행동을 나타낸 것입니다. 이 글에 나타난 행동과 말로 보아 외숙모는 어떤 성격이라고 할 수 있을까요?

> 외숙모는 한 손으로 내 손을 잡고, 다른 한 손으로 내 얼굴을 어루만졌다.
> "어쩜 이렇게 볼썽사나운 옷을 입혔을까, 가엾어라."
> 그 때 나는 칼라가 넓은 세일러복을 입고 있었다. 외숙모는 내 셔츠의 단추 하나를 풀고 칼라를 젖히면서 말했다.
> "세일러복의 칼라는 이렇게 더 젖혀 입는 거야.
> 자, 봐라. 훨씬 보기 좋잖아."

1) 격식 차리는 걸 싫어하고 거침없다.

2) 무척 자상한 성격이다.　　　3) 여성스러운 성격이다.

4) 어린아이를 잘 돌봐 준다.　　5) 호기심이 강하다.

3. 이 책의 제목은 주제를 압축 표현한 말입니다. 다음 중 바르게 나타낸 것
은 어느 것일까요?

　1) 책 제목 「좁은 문」은 사랑의 추억이 되고 있는 퐁그즈마르 정원의 비밀
　　의 문을 가리키는 말이다.

　2) 제롬에게 신비한 장소로 여겨지는 알리사의 방으로 들어가는 문을 나
　　타낸 말이다.

　3) 「좁은 문」은 외숙모가 부정한 짓을 하고 몰래 도망한 것을 비유한 목사
　　의 설교 내용이다.

　4) 참된 행복을 얻으려면 좁은 문을 지나듯이 쉽게 통과할 수 없는 어려운
　　고비를 겪어 내야 한다는 말이다.

　5) 수도원에서 수행하는 사람들이 외부 세계와의 접촉을 제한하기 위하여
　　만든 작은 문을 일컫는다.

4. 다음은 외삼촌과 알리사가 나눈 대화입니다. 빈 곳에 들어갈 말을 골라 보
세요.

"아빠는 제롬이 훌륭한 사람이 되리라고 생각하세요?"
"네가 말하는 훌륭한 사람이 어떤 사람을
말하는 건지 알고 싶구나."
"(　　　　　　　　　　　　　　) 사람."

1) 돈을 아주 많이 모은

2) 사람들이 모두 부러워할 만큼 높은 지위를 가진

3) 누구에게나 자랑할 만큼 공부를 많이 한

4) 모든 사람에게 존경과 사랑을 받을 수 있는

5) 사람들에게 많은 인기를 끄는

5. 아슈뷔르통은 어떤 인물이기에 줄곧 제롬의 집에서 함께 살았을까요?

1) 어머니의 잔심부름을 도와 주는 하녀였다.

2) 일찍 돌아가신 외할머니를 대신해 제롬의 어머니를 돌봐 준 대모였다.

3) 제롬네 집안 살림을 도맡아 챙기는 집사였다.

4) 제롬의 어린 시절을 지도한 가정 교사였다.

5) 어머니의 가정 교사였으나, 어머니와 자매처럼 지낸 사람이다.

6. 다음은 주인공 제롬에 대한 설명입니다. 이 글을 통해 알 수 있는 제롬의
   성격은 어떤가요?

1) 한 가지에 집중을 잘 하며 어른스럽고 생각이 많다.

2) 잘난 척하기를 좋아한다.

3) 다른 사람을 깔본다.

4) 다른 사람과 어울리지 못한다.

5) 미련스럽다.

7. 쥘리에트와 아벨에 대한 설명 중 적절하지 않은 것을 고르세요.

1) 쥘리에트는 알리사의 여동생이다.

2) 쥘리에트는 알리사보다 예쁘면서 쾌활한 성격이다.

3) 쥘리에트는 제롬을 사랑했으나 포기하고, 원하지 않는 사람과 결혼을
   하게 된다.

4) 아벨은 목사의 아들로서 제롬과 아주 절친한 사이였다.

5) 아벨은 쥘리에트와 서로 사랑하여 결혼하고 행복하게 살았다.

8. 제롬이 외숙모의 방에서 외숙모가 젊은 군인 장교와 이야기하는 것을 보
   고 알리사의 방으로 올라갔을 때, 알리사가 밑줄 친 것처럼 행동한 것은
   무엇 때문일까요?

> 알리사는 창가 침대 머리맡에 무릎을 꿇고 앉아
> 있었다. 저물어 가는 저녁 햇살이 비쳐 드는
> 창을 향해 앉아 있었으므로 검게 그늘진
> 등만 눈에 들어왔다.
> 나는 가만가만 그녀의 등 뒤로 다가갔다.
> 알리사는 그제야 고개를 돌려 나를
> 보았다.
> "아, 제롬. 네가 왔구나!"
> 알리사의 눈에는 눈물이 글썽이고 있었다.

1) 제롬이 자기의 사랑을 이해하지 못하고 있기 때문에

2) 사랑하지 않는 제롬이 너무 괴롭히기 때문에

3) 바로 자기 방의 아래층에서 벌이고 있는 어머니의 부정한 행동 때문에

4) 서로 사랑하면 안 되는 친척 남매간이라는 운명 때문에

5) 제롬보다 나이가 많아서 그의 사랑을 받아 줄 수 없었기 때문에

9. 이 소설의 문화적 배경으로서, 오늘날 우리 주위에서 볼 수 있는 생활 문화와 다른 점이라고 할 수 없는 것을 골라 보세요.

   1) 남자인 제롬, 아벨, 로베르 등과 달리 여자인 알리사와 쥘리에트 자매는 고등 교육을 받는 학교에 다니지 않은 것 같다.
   2) 남녀가 함께 외출하거나 여행하는 장면이 거의 없으며 항상 남자가 여자의 집으로 찾아가서 만나거나 교제를 했다.
   3) 텔레비전, 라디오 등이 없으므로 오로지 독서가 여가를 즐기고 정보를 얻는 수단이 되었다.
   4) 남녀가 사귈 때 남의 눈에 띄지 않도록 각별히 신경을 써야 했다.
   5) 기차는 있었으나 전철은 없었던 것 같다.

10. 이 소설의 배경에 대한 설명으로 올바른 것을 골라 보세요.

   1) 19세기 말, 프랑스의 산간 국경 도시의 한 작은 마을이 주무대이다.
   2) 20세기 초, 프랑스 남부 해안의 르아브르 지방이 주무대이다.
   3) 20세기 초, 프랑스의 수도 파리에 있는 뤽상부르 공원 옆 아파트가 주무대이다.
   4) 20세기 말, 프랑스의 대도시 르아브르가 주무대이다.
   5) 20세기 말, 프랑스의 휴양 도시인 님이 주무대이다.

11. 제롬이 알리사에게 약혼을 제안하나 알리사는 이를 정중하게 거절하고, 파리로 떠난 제롬에게 한 통의 편지를 보냅니다. 이 편지 내용은 어떤 뜻일까요?

   1) 알리사가 제롬을 사랑할 수 없는 이유를 말하고 절교를 선언한 것이다.
   2) 서로 사랑하므로 약혼은 생략하고 바로 결혼식을 올리자는 것이다.
   3) 알리사 자신은 제롬을 사랑하지만 나이가 많으므로 배우자로서 적당하지 않다는 것이다.
   4) 알리사는 제롬을 사랑하지만, 제롬의 사랑을 믿을 수 없다고 불만을

나타내는 것이다.

5) 알리사와 제롬은 친척 오누이 사이이기 때문에 서로 사랑하지만 결코 결혼할 수 없음을 설득하는 것이다.

12. 제롬은 파리에 있는 자신을 찾아온 이모(알리사에게는 고모)가 보여 준 알리사의 편지를 보고 다음과 같이 생각합니다. 다음 중 그런 마음이 든 이유가 아닌 것을 골라 보세요.

> 그 자연스러운 말투, 태연한 모습, 진지한 태도, 쾌활한 문장까지 모두 짜증이 났다.

1) 알리사가 자기에게는 그처럼 다정하고 자연스런 말투가 아니었으므로
2) 알리사가 자기가 알고 싶어한 이야기를 들려주지 않다가 다른 사람에게는 하고 있으므로
3) 알리사의 마음이 자신에게서 떠나 버렸다는 것을 확인하게 되었으므로
4) 알리사가 자기들끼리만 알고 있어야 할 이야기를 스스럼없이 남에게 이야기하고 있으므로
5) 알리사의 마음을 남의 편지를 통하여 알게 되었으므로

13. 쥘리에트의 남편 에두아르 테시에르 씨는 어떤 일을 하는 사람인가요?

1) 성악을 하는 음악가
2) 학자로서 대학 교수
3) 고아원을 경영하는 사회사업가
4) 교회 목사
5) 포도 농장 경영주

14. 자수정 십자가 목걸이는 어떤 사연이 있는 목걸이인가요?

1) 알리사 어머니가 알리사에게 물려준 것이다.
2) 제롬이 어머니에게서 물려받은 것을 알리사에게 선물한 것이다.

3) 제롬이 제대하면서 선물로 사다 준 것이다.

4) 알리사가 세례를 받았을 때 보티에 목사님이 기념으로 준 것이다.

5) 플랑티에 고모가 제롬과 엘리사의 약혼을 축하하며 마련해 준 것이다.

15. 다음 중에서 같은 장소와 연결되지 않는 것을 골라 보세요.

1) 르아브르   2) 퐁그즈마르   3) 뷔콜랭 집안

4) 뤽상브르   5) 외삼촌

16. 알리사를 만난 제롬이 다음과 같이 생각하게 된 까닭은 무엇일까요?

1) 경건한 품위를 지키는 제롬이나 알리사는 애교나 상냥한 친절을 천박한 교태라고 여겼기 때문이다.

2) 실제 마음은 그렇지 않으면서 겉으로만 그러한 태도를 보이는 위선적인 행동이라 여겼기 때문이다.

3) 알리사의 매력은 애교스럽고 상냥함보다는 고귀하고 경건한 기품에 있었기 때문이다.

4) 쥘리에트의 아름다움을 흉내내어 사랑을 받으려고 했기 때문이다.

5) 제롬보다 나이가 많은 알리사가 어려 보이려고 꾸미는 행동이기 때문이다.

17. 알리사가 책장의 책을 모두 바꾸어 놓았기에 제롬은 자신에 대한 알리사
의 사랑이 변했다고 오해했습니다. 그러나 알리사가 책장을 바꾼 이유는
따로 있었습니다. 일기에다 밝힌 진짜 이유는 무엇일까요?

　1) 시집을 비롯한 문학 작품보다도 사색적인 글과 훈계를 보여 주는 명상
　　에 더 감명을 받았기 때문이다.
　2) 신앙심이 깊어지면서 성경을 가까이하게 됨으로써 다른 책들에 대해
　　흥미를 잃게 되었다.
　3) 인생과 독서에 대한 가치관과 신념에 변화를 일으켜 새로운 취향에
　　따라 책들을 모두 바꾸었다.
　4) 제롬을 잊어버리기 위하여 제롬을 기억하게·하는 모든 책들을 없애
　　버렸다.
　5) 제롬이 선물했거나 권했던 책들은 기념 보관하기 위하여 별도의 책장
　　으로 옮겨 놓았다.

18. 자수정 십자가 목걸이와 관련이 없는 것을 골라 보세요.

　1) 알리사는 장차 제롬이 결혼해서 낳을 딸에게 물려주고 싶어했다.
　2) 제롬은 쥘리에트의 어린 딸인 알리사에게 대부가 된 기념으로 선물하
　　고 싶어했다.
　3) 제롬의 어머니가 남긴 것이다.
　4) 제롬이 알리사에게 주었다.
　5) 알리사가 그것을 목에 걸고 죽었다.

19. 다음은 퐁그즈마르에서 제롬과 알리사 두 사람만의 추억의 장소가 되는
곳을 적은 것입니다. 해당되지 않는 것을 골라 보세요.

　1) 뤽상부르 공원　　　　　　2) 폐광 앞 벤치
　3) 비밀의 문　　　　　　　　4) 너도밤나무 숲
　5) 어둠의 오솔길

● **논리 능력 Level Up!**

1. 작가에 대하여 아는 대로 소개하는 글을 간단하게 써 보세요.

2. 제롬의 어머니가 파리로 이사를 한 이유는 무엇인지 찾아 써 보세요.

> 내가 열두 살이 채 되기도 전에 아버지가 돌아가셨다.
> 르아브르에서 의사로 일하던 아버지가 돌아가시자
> 어머니는 나를 데리고 파리로 이사를 했다.

3. 제롬의 어머니는 어떤 성품을 지녔으며, 아들을 어떤 식으로 교육시켰을
   지 50자 정도로 정리해 보세요.

4. 쥘리에트가 밑줄 친 것처럼 행동한 이유는 무엇인가요?

나는 이모를 통해 쥘리에트의 약혼 소식을 들었다.
나나 알리사 모두 성사되지 않기를 바라던 쥘리에트와 테시에르
씨의 약혼이 이루어졌다는 것이었다. 이 약혼을 오히려 쥘리에트가
더 서둘렀다는 사실도 알게 되었다.

5. 다음 글을 읽고 하녀가 밑줄 친 것처럼 말한 이유는 무엇인지 말해 보세요.

> 하루는 점심 식사를 마친 뒤에 외가로 가서 알리사 누나를
> 놀라게 해 주려고 바삐 초인종을 눌렀다. 하녀가 문을
> 열어 주자 나는 바로 계단을 뛰어 올라가려고 했다.
> 그런데 하녀가 내 앞을 가로막으면서 말했다.
> "올라가면 안 돼요. 지금 마님이 발작을 일으키셨어요."

6. 알리사가 자기를 희생하고 동생 쥘리에트에게 사랑을 양보하려는 것에 대해 어떻게 생각하는지 말해 보세요.

7. 알리사는 제롬을 극진히 사랑하면서도 결혼은 하지 않으려고 합니다. 그
   런 생각을 잘 보여 주는 말을 찾아서 옮겨 써 보세요.

8. 알리사가 함께 있지 못하는 것을 섭섭해하는 제롬에게 쓴 편지에 다음과
   같은 구절을 쓴 이유는 무엇이었나요?

● **논술 능력 Level Up!**

1. 알리사는 제롬을 사랑하면서도 결혼을 피합니다. 알리사가 그러한 행동을
   하는 이유는 무엇이라고 생각하는지 적어 보세요.

2. 다음 글을 읽고, 여러분은 알리사의 물음에 어떤 답을 할 수 있을지 생각
   해 보세요.

> "제롬, 사랑보다 더욱 훌륭하고 가치 있는 것, 그것에 대해
> 생각해 본 적 있니?"
> 그녀는 앞만 보고 걸으면서 말했다. 눈에는 눈물이 흐르고
> 있었지만, 닦을 생각도 하지 않았다.

3. 다음은 알리사가 남긴 일기 가운데 한 대목입니다. 이 글을 읽고 알리사가
   어떤 성격을 지닌 사람인지 말해 보세요.

> 의사는 꼭 수술을 받아야 한다고 했다. 수술은 싫다고 해도
> 큰일나는 것처럼 말했다. 기운을 차릴 때까지 기다려 달라고
> 핑계를 대어 수술을 미루었다. 고통스러운 수술을 해 가면서
> 삶에 집착할 생각은 조금도 없다.

4. 제롬과 알리사는 친척 남매 사이인데도 서로 사랑하고 결혼도 하려고 합
   니다. 이 점에 대해 어떻게 생각하는지 자신의 생각을 말해 보세요.

5. 이 소설은 편지글과 일기가 소설의 구성상 매우 중요한 역할을 합니다. 이
   소설의 특징과 함께 편지글과 일기문이 하는 역할과 특성에 대하여 말해
   보세요.

6. 다음 글을 읽고 알리사가 추구하는 행복과 쥘리에트가 누리는 행복은 어
   떻게 다른지 말해 보세요.

내가 쥘리에트의 행복을 기뻐하는 것은 마음
속에서 우러나는 것이 아니라 이성적이다.
그 애의 행복은 결코 내 희생이 필요한 것이
아니었다. 그 애의 행복은 내가 바라고
상상하던 것과는 무척이나 다르다. 나는
그것이 괴롭다.

7. 이모는 제롬에게 상중이라 예법상 약혼을 할 수 없다고 말했습니다. 왜 이
   런 예법을 지킬까요? 우리 나라의 경우는 어떠한지 알아 보세요.

8. 이 작품의 주제가 무엇인지 생각해 보세요.

9. 제롬이 이해한 '좁은 문으로 들어가라.' 는 말의 뜻은 무엇일까요?

10. 이 소설은 인간적인 사랑을 뛰어넘어 절대적인 사랑을 이루려고 애쓰는
    제롬과 알리사가 겪는 갈등을 주제로 하고 있습니다. 제롬과 알리사, 쥘
    리에트, 이 세 남녀가 가지고 있는 사랑에 대한 가치관을 정리해 보고,
    내가 제롬이라면 어떤 사랑을 택할지 써 보세요.

11. 다음은 알리사가 쓴 일기장에 쓰여 있는 말입니다. 여러분은 알리사가 원
    하는 사랑에 대해 어떻게 생각하는지 써 보세요.

12. 만약 알리사나 제롬에게 편지를 한다면 어떤 말을 하고 싶은지 써 보세요.

이해 능력 Level Up!

1. 1)	2. 1)	3. 4)	4. 4)	5. 5)
6. 1)	7. 5)	8. 3)	9. 4)	10. 2)
11. 3)	12. 3)	13. 5)	14. 2)	15. 4)
16. 1)	17. 4)	18. 2)	19. 1)	

논리 능력 Level Up!

1. 19세기 중엽, 프랑스 파리에서 태어나 20세기 중엽까지 살면서 소설가와 평론가로 활동했으며, 말년에 노벨 문학상을 받았다. 신교도인 아버지와 가톨릭 교도인 어머니 사이에서 태어나 자라는 동안 어머니의 엄격한 종교적 교양으로 훈련받았다. 그의 대표작은 「좁은 문」 외에도 「배덕자」 「전원 교향곡」 등이 있다.

2. 남편이 세상을 떠났으므로 르아브르에 머물러 살 이유가 없어졌고, 아들인 제롬이 보다 나은 환경에서 공부하는 것이 바람직하다고 생각했기 때문에 이사하였다.

3. 온화한 성격이기는 하나 종교적, 도덕적 권위에 복종하도록 아들을 교육시켰을 것 같다.

4. 제롬을 너무 사랑하지만 그가 알리사를 사랑한다는 사실을 알기 때문에 마음을 숨기고 결혼하기 위해 서두른 것이다.

5. 제롬이, 부정한 짓을 하는 외숙모의 모습을 보게 될까 봐 걱정이 되어서

였다. 즉 하녀는 이미 외숙모의 부정한 행동을 알고 있었지만 제롬에게
는 모르게 하려고 한 것이다.

6. 예시 : 사랑은 어느 한쪽의 감정만으로 이루어지는 것이 아니다. 알리사
는 고귀한 마음으로 동생에게 사랑을 양보한다고 하나, 이는 자신만을
바라보는 제롬의 사랑을 무시하는 행동이다. 알리사는 현실적으로 볼
때 그 누구도 행복해질 수 없는 결과를 낳을 수도 있는, 이상에 불과한
희생을 치르려는 것일 수 있다.

7. "우리가 서로를 위해 사랑보다 더 바람직한 것이 무엇인지 깨닫게 되었
을 때부터 이미 우리는 맺어질 수 없는 운명이 되어 버린 거야."

"우리가 결혼하는 그 때부터 우리 사랑은 온전하지 못할 것 같았어. 우
리의 깨끗하고 아름다운 사랑을 지탱해 낼 수가 없을 거야."

8. 알리사는 제롬의 편지를 읽는 것만으로도 제롬과 함께 있다는 느낌을
받았다. 따라서 제롬이 혼자서 이탈리아를 여행하는 동안에 보내 온 편
지를 받아 읽으면서 마치 제롬과 함께 여행하고 있는 듯한 즐거움과 행
복을 누리고 있었던 것이다.

논술 능력 Level Up!

1. 예시 : 자신의 나이가 제롬보다 많다는 데 대해 부담을 가졌으며, 쥘리
에트가 자기보다 더 열렬히 제롬을 사랑한다고 믿어 양보하려고 했다.
또한 어머니가 집을 나가 버리고 아버지가 홀로 되자 그를 돌보아야 한
다고 생각하고 아버지가 돌아가실 때까지 결혼을 미루려고 했다. 그리

고 제롬을 사랑하기에는 인격적으로 완전하지 않다고 생각하여 완전한 인격을 갖추기 위해 스스로 좁은 문을 택해 고행하면서 살아야 한다고 생각했으며, 자신이 제롬에게 느끼는 사랑은 결혼과 함께 불순하게 타락할 것이라고 염려했기 때문에 제롬과의 결혼을 피하려 했다.

2. 예시 : 나는 이 세상에 사랑보다 더욱 훌륭하고 가치 있는 것은 없다고 생각한다. 사랑이 없다면 이 세상은 아마 너무나 삭막하고 차가워질 것이다. 사랑의 힘은 그 어떤 것도 따라가지 못할 만큼 위대하다. 또한 모든 것의 근원이고 모든 것을 뛰어넘을 수 있는 소중한 가치를 가지고 있다고 생각한다.

3. 예시 : 자기 절제가 엄격한 도덕적 인격을 가진 사람이다. 사랑하는 사람에게 절대로 야비하거나 반윤리적이거나 인격 모독적인 행동을 하지 않고 상대를 이해하며 끈기 있게 참고 기다리는 사람이다. 그리고 한 번 한 사랑을 지조 있게 지키며 욕심을 내서 무언가를 이루려 하지 않는 사람이다.

4. 예시 : 우리 나라는 한 집안이나 가까운 친척과는 혼인하지 않는다. 본관이 같은 성씨(동성동본)는 모두 한 집안 사람이라 하여 혼인하지 않는다. 이는 우리의 전통일 뿐만 아니라 법으로도 금하고 있다. 이러한 관습에 젖어 있기 때문에, 한 가족 이외의 사람이라면 누구와도 혼인을 막지 않는 다른 나라의 결혼 문화나 관습이 비정상적이고 이상하게 느껴진다. 그러나 이러한 풍습은 서양은 물론 이웃 나라인 일본에서도 자연스럽게 전해 내려오고 있다. 또한 이 소설의 배경인 1900년대 이전에는 그러한 경향이 더욱 두드러졌다. 따라서 이것은 문화의 차이일 뿐 어느 나라 풍습이 더 정상적이고 문명화된 것이라고 할 수는 없다.

5. 예시 : 이 소설은 심리 소설이라고 할 수 있다. 그래서 대개의 소설이 가지는 사건 중심의 이야기가 아니라 주인공들의 마음의 변화가 사건의 중심이 되어 있다. 편지와 일기는 개인의 마음을 들여다보게 하는 대표적인 글이다. 특히 이 소설은 모든 등장인물들의 심리(마음)를 하느님처럼 헤아려서 진술(말로 풀어서 설명함)하는 것이 아니라, 주인공 한 사람의 마음밖에 말하지 못하는 일인칭 주인공 시점('나'＝제롬)으로 써 내려갔기 때문에 상대의 마음을 읽어내려면 편지와 일기를 동원하는 것이 가장 적절할 것이다. 즉 이 소설에서 편지와 일기는 알리사의 마음을 들여다보고 이해하게 하는 구실을 하는 것이다.

6. 예시 : 알리사는 정신적인 경건함, 신앙적인 윤리에 어긋나지 않는 삶 속에서 누리는 평화를 진정한 행복이라고 생각한 반면, 쥘리에트는 현실적이고 물질적인 안락함, 부부간의 육체적 애정을 행복으로 생각하고 그것을 누리면서 만족해했다. 그런데 알리사의 편지를 보면, 알리사는 평소에 쥘리에트가 느끼는 행복을 타락한 행복이라고 생각하며 살아왔으나 그러한 자신의 생각이 과연 옳은 것인지 스스로 의심을 품게 되었다.

7. 예시 : 예로부터 슬픈 일로 상심해 있는 동안에는 기쁘게 웃고 춤추며 즐겨서는 안 된다는 정서가 전해 내려왔다. 특히 사랑하고 존경하던 가족을 잃은 슬픔에 잠겨 있을 때에는 즐거운 잔치를 벌이는 것이 옳지 않다고 생각해 왔다. 이러한 정서를 바탕으로 가까운 집안 어른(특히 조부모님)이 돌아가시고 슬픔이 삭지 않은 기간에는 경건한 마음으로 늘 언행을 삼가며, 결혼 잔치와 같은 즐겁고 기쁜 행사를 벌이거나 그러한 행사에 참여하지 않는 것을 예법으로 정해 왔다. 이 기간을 흔히 복상 기간, 또는 '상중'이라고 하는데, 이 기간에는 고운 옷을 입거나 기름진

음식을 먹거나 오락을 즐기는 것을 삼갔다. 특히 누가 보든지 그가 상중임을 나타내는 표시로서 상복(흰옷 또는 검은 옷)을 입거나 몸에 상중임을 표시(하얀 리본을 단 핀을 머리에 꽂거나 옷깃에 단다)한다. 그래서 상복을 입은 이를 대할 때는 떠들고 웃으며 대하지 않고 예를 갖추며 언행을 삼가한다. 우리 나라의 경우 이 기간은 흔히 '3년상'이라고 하여 만 2년 동안을 지켜 왔으나 오늘날은 이 기간을 크게 줄여 2년(만 1년)상 또는 100일 동안 만을 복상 기간으로 지킨다. 이러한 전통 문화는 동서양이 모두 비슷하다. 그러나 오늘날 이러한 문화와 관습이 크게 흐트러지고 있다.

8. 예시 : 참된 행복을 얻기 위해서는 마치 좁은 길을 지나가듯 쉽게 지나가기 힘들 정도로 힘들고 어려운 고비를 많이 겪어야 한다는 것이 이 작품의 주제라고 생각한다. 또 그렇게 힘든 일을 겪어야 진정한 행복이 무엇인지 알게 된다는 사실도 알게 해 주는 작품이다.

9. 예시 : 스스로 힘든 길을 걷는 것을 마다하지 말고 몸으로 부딪쳐 역경을 이겨 내고 행복을 얻으라는 뜻이다.

10. 예시 : 제롬-사랑에 눈뜨기 시작한 열두 살 때부터 10년이 넘는 오랜 시간 동안 제롬은 알리사만을 사랑한다. 알리사가 혼란 속에서 신앙에 대한 가치관을 세워 나가는 동안 묵묵히 그녀를 기다려 주며, 그녀가 세상을 떠난 뒤에도 잊지 못하는 아름답고 기품 있는 사랑을 한다.

알리사-알리사는 제롬을 통해서만 세상을 느낄 수 있으며, 하느님에 대한 사랑 또한 제롬을 생각하지 않고는 의미가 없을 정도로 그를 사랑한다. 하지만 그녀는 성경의 가르침대로 좁은 문으로 들어가는, 어려운 사랑의 방법을 택한다. 위대하고 고상한 금욕주의적 이상이 자신이 추구하는 행복이기 때문이다. 결국 정신적인 고단함 때문에 죽음에 이르게 되지만, 인간적인 행복을 희생하고 하느님을 섬김으로써 사랑을 완성한다.

쥘리에트-누구보다 제롬을 사랑하지만, 언니를 위해 그 마음을 감추고 다른 남자와 결혼한다. 쥘리에트는 그 결혼을 통해 현실적인 행복을 느끼고 그것을 진정한 행복이라고 믿으며 살아간다. 그래도 여전히 제롬에 대한 그리움을 마음속에 품고 살아간다.

제롬의 입장이 된다면- 쥘리에트의 사랑을 받아들이겠다. 사랑은 서로 주고받는 것이며, 두 사람이 맞추어 가면서 완성시키는 것이라고 생각하기 때문이다. 알리사의 사랑은 크고 위대하지만, 그 사랑의 결말은 두 사람의 행복이 아니라고 생각한다. 어떤 면에서 보면 알리사는 제롬을 사랑한 것이 아니라, 사랑하는 제롬을 통해 자기의 이상인 기독교적 금욕주의를 수행한 것이다. 그렇다면 제롬은 그 사랑의 희생자일 수도 있다. 알리사는 두 사람의 문제를 혼자 결정하고, 그 결정에 따를 수밖에 없도록 제롬의 순수한 마음을 끊임없이 이용했다. 어떤 이유에서든 사랑은 일방적이어서는 안 된다고 생각한다.

11. 예시 : 나는 알리사의 생각과는 다르다. 사랑이란 것은 함부로 가볍게 표현해서는 안 되는 것이긴 하지만, 마음속에만 품고만 있어서도 안 된다고 생각한다. 자신의 사랑을 말과 행동으로 표현하고 상대방과 주고받을 때 비로소 빛을 내는 것이고, 더 두터워질 수 있다고 생각한다.

12. 예시 : 제롬, 사랑하는 알리사를 잃었으니 얼마나 가슴이 아프세요? 서로 마음껏 사랑을 나누지도 못하고 가슴앓이를 했기에 더욱 슬플 거라

고 생각합니다. 몇 년 동안이나 알리사에 대한 사랑을 키워 왔는데, 그
렇게 허무하게 떠나 버리다니, 정말 안타까운 일이에요. 그렇지만 언
제나 행복은 어려움을 이겨 낸 다음에 더욱 크게 다가온다는 생각을
가지고 희망차게 살아갔으면 좋겠습니다. 좁은 문을 지나왔으니 앞으
로는 드넓은 길이 펼쳐질 거예요.

초등권장도서 세계 명작 시리즈

※효리원 세계 명작 시리즈는 계속 발간됩니다!